Autorin:

Astrid Meisinger, geboren 1973 in Regensburg, ist in Niederbayern aufgewachsen und lebt nun seit 16 Jahren mit Mann und Tochter am anderen Rand der Hallertau in Oberbayern. "Carinas coolster Urlaub auf Ibiza" ist ihr zweiter Roman.

Astrid Meisinger

Carinas coolster Urlaub
auf Ibiza

Bibliografische Information der Deutschen Nationalbibliothek. Die Deutsche Nationalbibliothek verzeichnet diese Publikation in der Deutschen National-bibliografie, detaillierte bibliografische Daten sind im Internet über http:\\dnb.d-nb.de abrufbar.

Herstellung und Verlag
BoD – Books on Demand, Norderstedt

ISBN: 978-3-7519-3693-4

Carinas coolster Urlaub auf Ibiza

1

Als ich die Balkontür öffnete und hinaustrat, dachte ich innerlich „angekommen", und atmete tief ein.

Vom Balkon sah man schräg über den Pool und über die Promenade zur Sandbucht von San Antonio. Segelschiffe und Boote dümpelten in der Bucht, die vorne türkises und weiter hinten immer dunkleres blaues Wasser führte. Der helle Strand und die rot gepflasterte Promenade gaben mit dem Grün der Palmen einen wunderschönen Kontrast.

Mark legte mir von hinten die Arme um die Hüften und wir gaben uns einen kurzen aber innigen Kuss. Unser erster gemeinsamer Urlaub! Eine ganze Woche würden wir uns nun dieses Hotelzimmer teilen.

Und nebenan waren meine beste

Freundin Laura und Paul eingezogen.

Wir hatten diesen Pärchenurlaub vor drei Monaten gebucht und nun hatte es tatsächlich geklappt.

Laura und ich hatten gerade frisch das Abi in der Tasche und waren gerade 18 Jahre alt geworden.

Zwischen Schulabschluss und Ausbildungsbeginn waren acht Wochen Zeit. Von meinen Eltern hatte ich zum bestandenen Abi 500 Euro bekommen und den Rest zum teuren Urlaub auf Ibiza hatten Oma und Opa gesponsert.

Allerdings würde ich mir im August selbst noch etwas hinzuverdienen, weil ich einen Aushilfsjob im Freibadkiosk ergattert hatte. Dann könnte ich drei Wochen lang meine Kasse aufbessern. Allerdings hieß es dann auch immer früh aufstehen, denn mein Dienst würde schon um halb acht mit Herrichten von Butterbrezen und Wurstsemmeln beginnen. Täglich würde es bis halb drei gehen, bevor dann die nächste Schicht übernehmen würde.

Laura hatte ebenso den Urlaub gesponsert bekommen. Ihre Mama Daniela, die ab ersten September auch zugleich meine

Ausbilderin würde, führte in der nächsten Kleinstadt das Reisebüro „FarAway".

Laura und ich sollten nicht nur unser gebuchtes Hotel testen und bewerten, sondern auch noch zwei Hotels in der Umgebung besuchen. Daniela hatte sogar schon Termine für uns ausgemacht.

Mark war schon Mitte 19 und hatte nach dem Abi ein Jahr gejobbt und verschiedene Praktika gemacht. Er war sich einige Zeit nicht sicher gewesen, ob er studieren solle, oder lieber doch eine Ausbildung anfangen. Sein Nachbar wollte ihm eine Ausbildung zum Bankkaufmann schmackhaft machen, aber das kam für ihn dann doch nicht infrage. Nun spielte er mit dem Gedanken Mathe und Physik für Lehramt zu studieren. Ich musste innerlich grinsen, denn in diesen Fächern bei „gemeinsamem Lernen" waren wir uns vor zwei Jahren näher gekommen.

Mark hatte von seinem Vater keine finanzielle Hilfe für den Urlaub bekommen. Dieser war geschieden und nach Miete für das Haus und Verpflegung für ihn, Mark und Marks Bruder Magnus waren einfach nicht mehr viele Extras drin. So konnten Laura und ich uns schon sehr glücklich wähnen.

Und Paul war nun gerade mit seiner Ausbildung zum technischen Zeichner fertig geworden und von seinem Betrieb übernommen worden. Er verdiente als Einziger von uns vier schon richtig Kohle. Allerdings musste er auch täglich fast 40 Kilometer bis in die Nähe von Ingolstadt zu seinem Arbeitsplatz fahren. Dort war bereits am acht Uhr Arbeitsbeginn und nachmittags kam er selten vor fünf bis halb sechs aus der Arbeit raus.

Da ich hier von ihm schon oft gehört hatte, wie stressig die Fahrerei sei, und wie müde er oft nach den langen Arbeitstagen war, war ich umso froher einen wohnortsnahen Ausbildungsplatz zu haben. Und das auch noch in meinem Wunschberuf Tourismuskauffrau.

Und nun acht Tage Sommer, Sonne, Strand und Meer....es konnte doch nur eine tolle Zeit werden!

Ich schnappte mir mein Handy und machte ein Bild von der schönen Bucht und schickte es sogleich an meine Eltern mit einem kurzen Text dass wir gut angekommen waren.

Sie waren bestimmt auch aufgeregt,

denn es war mein erster richtiger Urlaub ohne sie. Vor zwei Jahren hatten wir noch gemeinsam unseren Urlaub auf Rhodos verbracht.

Als nur kurz nach dem Versenden der Nachricht von Mama eine Antwort kam, musste ich direkt schmunzeln.

Ich war zwar bereits letztes Jahr in der K12 auf die Abschlussfahrt nach London gefahren, aber das war ja eine organisierte Schulveranstaltung gewesen. Mit Betreuung durch Lehrer.

Jetzt hier auf Ibiza war ich also zum ersten Mal ohne Eltern in Urlaub. Allerdings mit netter Begleitung durch meine Freunde.

Ich freute mich schon total. Wir beschlossen noch für eine gute Stunde an den Pool zu gehen bevor wir uns fürs Abendessen herrichten würden.

Unten angekommen winkte Laura schon wie verrückt, sie hatte immerhin drei Liegen ergattert. Ich ließ mich mit einem Seufzer neben ihr nieder und Mark machte sich mit Paul auf den Weg zur Bar. Wir hatten all inclusive gebucht und konnten so rundum leckere Getränke ohne weiteren Aufpreis genießen.

Der Platz war etwas eng und nah am Poolrand aber das war mir egal. Obwohl der Flug nur zwei Stunden gedauert hatte und auch der Transfer nicht zu lange gewesen war, war ich trotzdem etwas platt.

Ich hatte einen großen Sangria bestellt, der mit dem Obst und den Eiswürfeln im Glas nicht nur lecker aussah, sondern auch so schmeckte. Laura und die Jungs tranken ein kleines Bier.

Paul lachte: „ Lasst uns auf einen coolen Urlaub anstoßen, YEAH, wir werden Ibiza rocken!" Wir lachten ebenso und ließen die Gläser bzw die Becher am Pool klirren.

Laura sagte motzig: „Wenn ich diese Plastikbecher schon sehe! Billigste Einwegware. Überlegt mal – da kommen am Tag pro Nase gut an die fünf bis zehn Stück zusammen, das find ich ja krass!"

„Stimmt" gab ich ihr recht „vor zwei Jahren auf Rhodos hatten die in unserem Hotel zwar auch Plastikbecher – ich glaub Glas darf man am Pool wegen Scherben und Verletzungsgefahr nicht verwenden – aber das waren festere, recycelbare Becher! Könnten die doch hier auch einführen!"

Um uns herum herrschte reges Treiben am Pool, viele junge Pärchen, aber auch einige Gruppen unterschiedlichen Alters, sowie ein paar wenige Rentner lagen auf den Liegen oder schwammen im Pool. Von der Poolbar her vernahm ich lauteres Gegröle, hier schlugen sich ein paar tätowierte, sonnenbrand- gezeichnete Typen auf die Schulter und tranken Bier. Es schienen Engländer zu sein.

Mit lautem Klirren gingen ein paar Gläser zu Bruch. An der Bar wurden ja echte Gläser serviert. Für diese Angeheiterten wären wohl die Plastikbecher besser gewesen.

Der Außenbereich des Hotels war nicht zu groß, sondern eher überschaubar. Laura und ich hatten das Hotel zusammen ausgesucht und die Jungs hatten sich schnell überzeugen lassen. Um den gepflegten Pool waren Liegen und Sonnenschirme angeordnet und auch ein paar Palmen spendeten Schatten. Die Poolbar war mit Schilf gedeckt und mit Lampions und Holzschildern im Ibiza-Style dekoriert. Räucherstäbchen verbreiteten einen betörenden Duft.

Da wir auch den einen oder anderen

Ausflug machen wollten und auch mal in eine der „IN-Discotheken" gehen wollten würde trotz Flug und Hotel noch einiges an Ausgaben auf uns zukommen.

Nach den Drinks schwammen wir eine Runde im Pool und ließen uns danach auf den Liegen trocknen. Paul, der keine freie Liege erwischt hatte, ging nochmal zur Bar.

Anschließend verabredeten wir uns für halb acht im Restaurant.

Auf dem Zimmer ließ ich Mark als ersten zum Duschen und packte inzwischen meinen Koffer aus. Ich wählte zum Abendessen eine enge Jeansbermuda und dazu mein neues schwarzes Layertop.

Auch ich genoss dann erstmal eine ausgiebige Dusche und schminkte mich sorgfältig.

Im Restaurant fragten wir nach einem Tisch für vier Personen und bekamen auf der Terrasse einen Tisch mit Blick zum Pool.

Laura und Paul winkten und kamen direkt zu uns. Der Kellner fragte uns nach Getränken, wir Mädels bestellten Rotwein und die Jungs blieben beim Cerveza.

Das Buffet ließ keine Wünsche offen. Bereits beim Salat und den diversen Vorspeisen gingen einem die Augen über.

Vom Show-Cooking strömten leckere Düfte durch den Raum, heute gab es Lachs und daneben einen leckeren Braten.

Wir häuften unsere Teller voll und trudelten dann nach und nach am Tisch ein. Wir hatten kaum begonnen, da bestellte Paul schon das nächste Bier. Mir fiel eine Stirnfalte bei Laura auf. Paul trank auch daheim gern mal ein Glas mehr als es gut für ihn war, denn irgendwann wurde er dann oft unangenehm laut.

Ich kannte Lauras Vorgeschichte mit dem Thema Alkohol, aber ob sie wohl Paul auch schon eingeweiht hatte? Ich beschloss, sie das demnächst zu fragen und gegebenenfalls Paul einen Tipp geben.

Im allgemeinen Gequatsche und Gelächter war dies jedoch schnell wieder vergessen.

„Was haltet ihr davon wenn wir anschließend zum Westend spazieren? Von dort soll man den Sonnenuntergang super sehen können" fragte ich in die Runde.

Mark bejahte und Paul, der in Ruhe an der Bar abhängen wollte, wurde einfach überstimmt.

Und so machten wir uns nach dem absolut leckeren Nachtisch auf den Weg: die Strandpromenade war voll von Urlaubern und Einheimischen, teils wurde auch gejoggt und Kinderwägen geschoben. Die Sonne begann bereits hinter Hochhäusern zu verschwinden und wir legten einen Zahn zu um den Sonnenuntergang nicht zu verpassen.

Nach gut einer Viertelstunde passierten wir das berühmte „Cafe del Mar" und das „Mambo". Wir hatten nicht viel Zeit zum Schauen und Staunen und suchten uns einen Platz vor den Lokalen, wo sich auf den Felsen bereits hunderte Leute tummelten. Sie hatten Decken oder Jacken ausgebreitet und manche hatten sogar eine Gitarre dabei.

Und dann tauchte der glutrote Sonnenball ins Meer ein und als ein Katamaran vor die untergehende Sonne fuhr, blitzten und klickten reihum Fotoapparate und Handys. Auch ich drückte gleich ein paarmal ab.

Mark drückte mich und flüsterte mir „nochmal einen wunderschönen Urlaub, meine

Hübsche" ins Ohr. Es war so ein romantischer und ergreifender Moment wie man ihn gerne festhalten wollte, als ich Paul murren hörte:

„Ja Leute, schön und gut mit dem Planeten hier, nur wir sitzen voll auf dem Trockenen!" Soweit also die Romantik von Paul. Laura verzog den Mund. Ringsum hatten die meisten der Leute Wein- und Pilsflaschen mitgebracht aber dazu war in der Eile keine Zeit mehr gewesen. „Hey Paul, du wirst uns schon nicht verdursten! Ich bin noch so voll vom Abendessen, da passt ja noch nicht mal noch ein Getränk rein" versuchte ich die Stimmung wieder etwas aufzulockern.

„Da vorne gleich war so ein kleiner Laden, lasst uns doch da was holen!" Die Plätze in den Cafes waren voll belegt und ein Blick auf die Getränkekarte offenbarte horrende Preise. Also holten wir uns in einem kleinen Supermarkt noch Getränke und quatschten dann einfach weiter.

Noch nie hatte ich mit einer kühlen Bierdose in der Hand so einen schönen Abendausklang am Meer genossen. Mark hatte mir den Arm um die Schultern gelegt und ich hätte ewig so sitzen bleiben können.

Auch Paul war wieder gut drauf und scherzte mit Laura, indem er ihr Handy vor ihr versteckte. Um uns herum war ebenfalls gelöste Stimmung und neben uns fing einer der Gitarrenspieler an zu klimpern. Er sang dazu und bald stimmten sogar andere noch mit ein.

Als wir ausgetrunken hatten, beschlossen wir in Ruhe zum Hotel zurück zu bummeln.

Auf dem Rückweg schlenderten wir noch durch die Gassen von San Antonio, wo sich Pubs und Restaurants aneinanderreihten. Die wahnsinnig laute Musik killte beinahe die friedliche Stimmung von vorhin. Man hätte meinen können, dass sich die Bars gegenseitig an Bass und Lautstärke überbieten wollten. Ein paar Türsteher wollten uns in ihre Läden locken. Paul wäre gleich bereit gewesen, aber wir waren drei gegen einen. Dazwischen gab es kleine Läden die auch Party- und Boot-Tickets verkauften. Wir beschlossen uns hier erstmal etwas zu informieren bevor wir dann morgen direkt ins Nachtleben eintauchen würden.

Von der Anreise her waren wir doch alle etwas schlapp und so bummelten wir gegen halb zwölf zurück zum Hotel, gerade noch rechtzeitig zu einem Absacker an der Hotelbar.

2

Am nächsten Tag ließen wir es recht gemütlich angehen und gingen nach dem leckeren Frühstück an den Strand.

Die Preise für Liegen und Schirme waren dermaßen überteuert dass wir einfach unsere Handtücher in den Sand legten und uns Käppi und Hut aufsetzten.

„Mensch Laura, pass doch auf" zeterte Paul „du schaufelst mir den ganzen Sand auf mein Handtuch!"

Er hatte recht, aber nicht nur Laura, sondern wir alle schafften es nicht, unsere Handtücher sandfrei auszubreiten. Egal, mit einem glücklichen Seufzer legte ich mich auf den Rücken und zog mir den Sonnenhut tief in die Stirn.

Lange hielt ich es in der prallen Sonne nicht aus und fragte in die Runde, wer denn ins Wasser mitkäme. Nur Laura mochte, die Jungs hatten Kopfhörer im Ohr und aalten sich faul in der Sonne.

Das Wasser war angenehm warm und es ging so seicht ins Wasser hinein, dass nicht einmal die empfindliche Bauchzone eine echte Barriere darstellte. Wir ließen uns treiben und quatschten ein bisschen. Laura meinte:

„Also was ich UNBEDINGT machen möchte ist ein Besuch im „Pacha" in Ibiza Stadt. Ich hab gehört dass es einer der ältesten, größten und besten Clubs auf Ibiza sein soll, und wenn wir schonmal hier sind möchte ich das sehen." Ich antwortete: "Pacha muss es wegen mir nicht sein, es gibt doch sogar hier in San Antonio zwei große Clubs, da können wir zu Fuß hin!"

Aber Laura beharrte auf Pacha und als wir aus dem Wasser kamen ging sie schnurstracks auf einen Kerl zu, der am Strand Tickets verteilte. Allerdings waren das Eintrittskarten für ein Pub in der Nähe, wo abends ein englisches Fußballspiel übertragen werden würde.

Laura gab nicht auf und fragte nach Tickets für das Pacha und siehe da, die Kommunikation zwischen den Ticketver-käufern schien gut zu laufen, denn nach wenigen Minuten kam einer, der mit Karten für die diversen Clubs warb.

Laura freute sich wie ein kleines Kind und lief tropfnass voraus.

Sie lotste ihn zu unserem Platz und stupste die Jungs an. Der Eintritt sollte angeblich normal 50 € kosten und mit Kauf von vier Tickets über den Scout sollten es nur 30 € pro Nase sein.

Laura knutschte Paul ab und machte sich sofort auf den Weg ins Hotel um Geld zu holen.

Wir unterhielten uns inzwischen mit Alex, einem 24 jährigen aus Köln, der hier über die Saison in Ibiza als Ticketscout sein Glück versuchte. Er gab uns noch Tipps wegen dem Partybus und ich fragte ihn gleich noch nach Hippiemärkten was er uns so empfehlen könne.

„Die zwei größten Hippiemärkte auf Ibiza sind der in Punta Arabi und dann der legendäre bei San Carlos. Der Vorteil beim Punta Arabi ist, dass ihr unmittelbar danach ans Meer könnt."

Atemlos kehrte Laura zurück und gab

Alex das Geld für die Eintrittskarten, diese galten nur während der Woche, nicht Samstags und Sonntags, da sei der Eintritt wegen irgendwelcher besonderer DJs noch teurer.

„Mensch ich freu mich soooo, lasst uns gleich heute Abend reinfahren, ich kanns echt kaum erwarten. Vielleicht sehen wir einen Promi oder zumindest einen der hier angesagten DJs!" plapperte Laura drauflos.

„Wegen mir gerne gleich heute" lachte ich „du gibst doch sonst eh keine Ruhe mehr".

Gesagt – getan. Wir verbrachten noch einen schönen faulen Tag am Strand und später am Pool.

Nach dem Abendessen blieben Mark und Paul an der Poolbar und Laura und ich gingen nochmal aufs Zimmer zum Umziehen und Schminken.

Wir entschieden uns für enge Minikleider, die wir auf unserer letzten Shoppingtour zusammen gekauft hatten. Meines war dunkelgrün und ihres curryfarben.

Schminke durfte es auch ein bisschen mehr sein als sonst.

Laura kam bewaffnet mit einem ganzen Arsenal an Schminke zu mir aufs Zimmer. Wir kicherten und glucksten und hatten richtig Spaß.

Mein Lidstrich wurde allerdings leider nicht so toll wie auf dem Youtube Video, welches ich als Vorlage genommen hatte. Laura meinte, ich könne es ja etwas kaschieren, aber ich wischte nochmal alles ab und begann vorsichtig von neuem.

Laura hatte eine Palette mit 15 verschiedenen Nuancen Lidschatten dabei und sah mit ihren grün-gold betonten Augen zu Ihrem Kleid wirklich toll aus. Dazu rundeten große Hängeohrringe mit Federn ihren Look ab. Wow!

Bei mir wurde es nicht ganz so spektakulär aber ich war dann durchaus zufrieden.

Als wir zurück zur Poolbar kamen pfiff Paul anerkennend durch die Zähne.

Da beide Jungs gerade frische, noch fast volle Cocktails vor sich stehen hatten, bestellten Laura und ich auch noch einen Drink.

„Lieber genehmige ich mir hier noch

was zu trinken, wenn das heute auch so krass teuer ist wie wir das gestern gesehen haben, dann Holla die Waldfee." meinte Mark.

„Mensch, Mark, wann meinst du kommen wir mal wieder nach Ibiza?!"

Insgeheim vermutete ich, dass Mark nicht zu viel Geld schon am ersten Abend verplempern wollte. Ich hatte das auch nicht vor.

Gerade wollte ich mit den anderen drei anstoßen, da fiel mir auf, dass Paul sein Glas schon wieder leergetrunken hatte. Ich sagte erstmal nichts und musterte ihn heimlich von der Seite. Irgendwie erschien mir sein Blick leicht glasig – oder bildete ich es mir nur ein?!

Laura hatte es längst auch bemerkt, sie rempelte Paul leicht an und zischte ihm zu: „Hey Mann, lass dir doch mal Zeit, oder willst du vom Pacha gar nichts mehr mitbekommen?"

Nochmal beschloss ich, Paul sehr bald mal auf seinen Umgang mit Alkohol anzusprechen und auf das damit verbundene Erlebnis, warum es Laura so sehr störte. Doch jetzt war definitiv nicht der günstigste Zeitpunkt.

Als nun alle Gläser leer waren – Paul hatte doch nicht nochmal und nochmal bestellt - konnte es also losgehen!

„Lasst uns ein Taxi nehmen und in Ruhe nach Ibiza-Stadt fahren, zu viert ist es ja nicht so teuer!" schlug ich vor. Nicht ganz uneigennützig dachte ich auch an meine hohen Schuhe. Und Laura würde ich auch einen Gefallen tun. Wir hatten beide hohe Sandalen an, was super zum Minikleid aussah, aber nicht so gut für größere Fußmärsche geeignet war.

Mark und Paul allerdings wollten unbedingt mit dem Partybus fahren, sie versprachen sich schon gute Stimmung dort.

„Sonst sprengst du mich andauernd spazieren und hierhin und dorthin, dann wirst du doch jetzt zehn Minuten laufen können" ereiferte sich Mark und Paul sprang ihm natürlich bei.

Schulterzuckend lenkte ich ein.

3

Laura wollte endlich los und so zogen wir also zu Fuß durch den Ort Richtung Busstation. Da der Partybus vom großen Terminal aus wegging, und nicht die Haltestelle vor dem Hotel anfuhr, war es also gut einen Kilometer zu laufen.

Durch Gequatsche und Rumgealbere merkte ich die Zeit kaum und die Schuhe waren zwar hoch, aber doch nicht so unbequem. Allerdings dort angekommen schauten wir doch etwas erschrocken auf die Massen junger Leute, die hier auf den Bus warteten. Es wurde wild durcheinander-gequatscht und gerufen und es war glasklar, dass wir im nächsten Bus niemals einen Platz bekommen würden.

Ein paar Meter außerhalb des Busbahnhofs warteten Taxis, die hier nicht lange standen bis es losging.

„Das hätten wir doch gleich so haben

können" murrte ich unwirsch.

„Jaja, Madame hat natürlich mal wieder recht" witzelte Paul aber auch er sah ein, dass wir sonst hier noch ewig stehen würden.

Nach ein paar Minuten ging es schon los und wir wurden mit dem Taxi in knapp 30 Minuten bis vor die Tür des Pacha gebracht. Es war nun schon fast halb zwölf.

Bereits beim Vorbeifahren war mir die lange Schlange Wartender aufgefallen, na Bravo!

Wir stellten uns hinter gefühlt tausend Leuten an, die teils wohl schon etwas mehr als wir „vorgeglüht" hatten. Vor uns war eine Gruppe englischer Mädels, ungefähr in unserer Altersklasse. Sie schnatterten und kicherten und sahen immer wieder Mark und Paul an und kicherten wieder. Mark grinste, wandte sich aber uns zu. Paul allerdings quatschte mit, obwohl er sich sonst mit seinen Englischkenntnissen vornehm zurückhielt, und lachte und flirtete.

Laura grinste anfangs noch halbherzig, doch schnell sah man ihr an, dass ihr diese Situation nicht gefiel. Langsam kamen wir nun Richtung Türsteher und die Engländerinnen waren beschäftigt mit bezahlen.

Wir konnten mit unseren Tickets gleich durchgehen und ich hoffte, innen würde sich alles wieder fügen und diese komische Clique würde ihrer Wege gehen.

Innen war ich überrascht und erstaunt von der Größe und Aufmachung des Clubs. Und von der Lautstärke! Der Bass wummerte, sodass man das Gefühl bekam der Brustkorb würde massiert. Laserblitze zuckten und Lichter wurden von gigantischen Discokugeln verteilt. Ich fand es echt beeindruckend. Beeindruckend waren auch die Getränkepreise! Hier würde ich mit Sicherheit keinen Rausch bekommen, da wäre man ja pleite! Neben uns ertönte Gekreische, das sogar die Musik noch übertönte – die Engländerclique.

Oh nein, Paul wurde schon wieder umschwärmt und fühlte sich wohl als Hahn im Korb. Eine Rothaarige mit zu kurzem Rock und zu engem Shirt drückte ihm sogar ein Prosseccoglas in die Hand. Dann fiel mir auf, dass die Mädels alle das gleiche Shirt trugen, bei einer war etwas wie „Bride" aufgedruckt.

Oh Mann – ein Mädelsabschied! Eine der Freundinnen feierte hier also eine Party vor der Hochzeit. Krass!

Ich war vor kurzem auf dem Mädelsabschied meiner dreißigjährigen Cousine gewesen. Wir waren insgesamt zehn Mädels gewesen und erst essen in einer mexikanischen Bar, und zogen dann durch ein paar Discos weiter. Das war ja harmlos und wohl billig gewesen wenn man diesen Aufzug hier sah! Bei diesen Kosten hier auf Ibiza, ich fand das völlig übertrieben.

Nun ja, Paul gefiel es. Er wurde umringt von sieben bis acht Damen und manche flirteten ihn ungeniert an und drückten sich so um ihn herum dass Laura quasi weggeschoben wurde.

Ich sah ihr an, dass sie langsam von ungehalten in Richtung stinksauer kam.

Warum ließ es aber Paul auch nicht gut sein?! Es hätte jetzt wirklich gereicht.

Ich stieß Mark in die Seite und warf ihm einen eindeutigen Blick zu und deutete mit dem Kopf leicht in seine Richtung.

Er grinste und verdrehte die Augen. Nun, das half jetzt auch nicht wirklich weiter!

Ich stieß ihn erneut an und rief ihm ins Ohr: „Mark, sag doch mal was zu Paul! Laura kriegt uns hier die Krise!"

Mark schien schnell zu begreifen und tänzelte mit freundlichem Lächeln durch die Mädelstraube auf Paul zu.

Sofort wurde auch er umringt und angetanzt. Ein paar der Mädels schienen umgänglich und wollten auch Laura und mich etwas miteinbeziehen aber drei von ihnen – darunter auch die zukünftige Braut- schienen sich nur mit den Herren abgeben zu wollen.

Mark kämpfte sich allerdings souverän und ohne unfreundlich zu wirken zu Paul durch und schrie ihm etwas ins Ohr und deutete in unsere Richtung.

Paul reagierte ungehalten, schaute aber dann zu Laura hin. Ich konnte seinen Blick nicht deuten aber er drehte sich wieder um und kam nicht zu ihr herüber. Mir war das Ganze langsam unangenehm und ich versuchte die Situation zu entspannen, indem ich mit Laura an einer nahegelegen Bar Getränke für uns vier holen wollte. Ich deutete Mark dies mit Blicken und Gesten an, er grinste zurück.

Als wir an der Bar anstanden zischte

Laura mir zu „wenn wir zurückkommen und er flirtet weiter und kommt nicht weg von diesen Tussis dann kann er was erleben".

Ich konnte sie einerseits verstehen, hoffte aber, dass sie keine unangenehme Szene machen würde.

Wir holten vier einheimische Cerveza denn Cocktails kosteten zwischen zwölf und sechzehn Euro. Bereits die vier Bier schlugen mit je sieben Euro zu Buche.

Als wir nach einiger Warterei endlich mit den Getränken zurückgingen, quetschte ich mich vor Laura, um die Lage besser erfassen zu können und sah Mark, der Paul unsanft am Arm packte und ihm etwas ins Ohr zischte. Ich konnte mir ungefähr vorstellen was er gesagt hatte.

Dann zog er Paul hinter sich her, etwas abseits, und nickte mir zu. Ich stieß die Luft aus und gab ihm sein kühles Bier, als ich ihn erreichte. Laura drückte Paul sein Bier unfreundlich in die Hand und warf ihm einen wilden Blick zu. Das konnte echt noch heiter werden.

Ich versuchte die Situation zu retten, indem ich über die Musik hinwegschrie: „Lasst uns doch mal weiter da rein gehen, wir haben ja noch nichts gesehen vom Pacha!" Und ich ging mutig voran immer leicht die Ellbogen im Einsatz. Heute war Dienstag, ich mochte mir kaum vorstellen was hier am Wochenende los sein würde. Ich blickte kurz über die Schulter und sah dass sie mir folgten – gottseidank!

Nach ein paar Stufen hatte man einen echt super Ausblick auf die Tanzfläche, aber es war hier noch lauter. Nun ja, Laura und Paul schienen sich eh nicht viel zu sagen haben. Ich bemerkte aber dass Paul sie kurz an sich drücken wollte aber Laura machte es ihm auch nicht leicht und drehte sich weg.

Mark hob sein Bier und wir stießen an. Das kühle Getränk tat gut, obwohl wir nicht tanzten war uns allen schon heiß.

Es war mittlerweile schon fast zwei Uhr aber die Hütte brannte sozusagen, der Laden war voll. Ich hatte auch schon davon gehört, dass einige Feierwütige auf Ibiza die Nacht zum Tag machten und es hier bis fünf oder sechs Uhr morgens abgehen würde.

Ich wollte das allerdings vermeiden. Ich fand zwar den Laden auch cool und bereute es trotz der angespannten Stimmung der Freunde nicht hierhergekommen zu sein.

Aber ich wollte nicht ewig hier bleiben, denn zum Verschlafen war mir dieser Urlaub viel zu schade.

Ein lautes Aufkreischen hinter mir ließ mich zusammenzucken. Das durfte doch jetzt nicht wahr sein! Hier drin waren HUNDERTE Leute und nun kamen mit Indianergeheul die Engländerinnen von vorher auf uns zu. Das war ja wie im schlechten Film dachte ich.

Mark schaltete sofort und zog Paul hinter sich her und rief uns was von „Toilette" zu. Ich musste beinahe grinsen. Laura sah trotzig zu den drei der lautesten aus der Gruppe hin und trank ihr Bier mit langen Zügen aus. Dann ging sie weg und deutete mir noch an, nochmal was zu trinken zu holen.

Ich drehte mich zur Tanzfläche hin und beobachtete das Treiben und das Zucken der Lichter über den Tanzwütigen.

Die Musik war irgendwie immer gleich und ging nahtlos ineinander über. Langsam taten mir auch die Füße weh.

Als ich bemerkte, dass sich die Girlsgroup kreischend mitten zur Tanzfläche begab atmete ich erleichtert auf.

Ich würde sowieso versuchen langsam Richtung Aufbruch zu drängen.

Mark und Paul kamen zurück, auch mit einem neuen Getränk, Paul trank Cola. Oha! Suchend schaute er sich um.

Laura ließ sich mächtig Zeit und nach gut zwanzig Minuten schaute ich mich auch schon immer wieder nach ihr um.

Dann fragte mich Paul, wo sie sei. Na also, dachte ich mir und wollte gerade antworten, als sie auftauchte. Sie sah nicht mehr ganz so wütend aus wie zuvor und stellte sich direkt neben Paul.

„Nach dieser Runde – ich hob ihnen mein Bier entgegen– würde ich gerne langsam los! Morgen ist dieser Hippiemarkt, da wollte ich unbedingt hin! Und es geht eh schon auf drei Uhr zu."

Mark meinte, wegen ihm sei das ok, und Paul zuckte nur die Schultern.

Tatsächlich schafften wir es um kurz nach drei das Pacha zu verlassen.

Draußen warteten einige Leute schon

auf Taxen, die hier wohl beste Geschäfte machten.

Nach weiteren 10 Minuten waren wir endlich dran und als die Uhr im Taxi 4.14 Uhr anzeigte, hielt es endlich vor unserem Hotel. Uff, das wäre geschafft.

Laura und Paul hatten kaum miteinander geredet und verabschiedeten sich mit einem kurzen Gruß vor ihrem Zimmer.

Mark und ich gingen engumschlungen weiter und machten beide, nachdem wir unsere Zimmertür von innen wieder geschlossen hatten, ein übertrieben lautes „UFF" und mussten dabei herzlich lachen. Wir küssten uns innig aber dann schob ich ihn lachend beiseite und ging ins Bad.

Nachdem wir beide im Bett lagen schmusten wir noch ein bisschen herum, waren uns aber beide einig dass heute sonst nichts mehr laufen würde.

Draußen wurde es schon hell.

4

Als Mark mich wachküsste, schielte ich auf mein Handy und sah dass es erst acht Uhr war. Ich grummelte verschlafen, wollte mich umdrehen und weiterschlafen, doch Mark küsste mich nun fordernder und umfasste meine Brüste. Schlagartig war ich wach und hin- und hergerissen zwischen dem schönen Gefühl und aber den Gedanken daran, ob Sex am Morgen ungeduscht und mit eventuellem Mundgeruch schön sein würde.

Mark schien meine Gedanken zu lesen und lächelte mich treuherzig an und küsste dann meinen Hals.

Ich begann ebenso ihn zu küssen und zu streicheln und irgendwann gab eins das andere und wir hatten wunderschönen Sex.

Morgen würden wir bereits zwei Jahre fest zusammensein, aber miteinander schlafen war immer noch etwas Besonderes für mich.

Und so oft übernachteten wir daheim

nicht beieinander, weil jeder noch im sogenannten Kinderzimmer bei den Eltern wohnte.

Wobei sich das bei mir bald ändern würde und darauf freute ich mich schon. In ein paar Monaten würde ich die Wohnung über der Elternwohnung beziehen, mein Vater war momentan fleißig beim Innenausbau.

„Na von was träumst du, meine Schöne?" fragte mich Mark und holte mich in die Gegenwart zurück. „Komm lass uns kurz duschen und dann ab zum Frühstück, ich hab einen Bärenhunger".

Wir nahmen zusammen eine kurze Dusche und zogen uns dann an.

„Nach dem Drama gestern mag ich bei denen da drüben jetzt gar nicht klopfen, was meinst du?" fragte ich Mark.

Er verdrehte die Augen:" Nein Danke! Ich schick Paul ne whatsapp, dass wir jetzt gehen".

Als wir an ihrem Zimmer vorbeigingen, konnte man aufgeregte Stimmen hören, wobei die weibliche ab und zu ins Schrille überging.

Wir tauschten einen Blick und gingen schnur-stracks zum Aufzug.

Insgeheim genoss ich es auch mal mit Mark allein am Tisch zu sitzen. Wir teilten uns auf, und ich holte Kaffee und Säfte für uns und Mark kam mit einem Brotkorb. Danach schlenderten wir ums Buffet und bedienten uns an den leckeren Sachen. Ich holte mir heute ein Omelett direkt vom Koch und dazu eine Grilltomate. Ein süßes Croissant durfte allerdings auch nicht fehlen. Marks Teller stand schon am Tisch.

Ich setzte mich und gerade als ich nach ihm schauen wollte, kam er mit zwei Gläsern Prosecco an den Tisch und wünschte mir verschmitzt nochmal einen guten Morgen. Lachend prosteten wir uns zu. Die allzu kurze Nacht war im Nu vergessen.

„Ich würd so gern auf den Hippiemarkt an der Ostküste fahren" schwärmte ich „an den Pool können wir nachmittags auch noch".

Mark meinte für ihn sei es ok und ob ich Laura und Paul auch fragen wollte.

Gemäß dem Spruch „Wenn man den Esel nennt, kommt er grennt" bogen die beiden ums Eck und setzten sich hin. Die Miene sprach Bände – oh nein, das konnte ja heiter werden!

Ich war für volle Fahrt voraus und fragte eifrig: "Mark und ich wollen nachher zum Hippiemarkt nach Punta Arabi! Wie schauts aus mit Euch zwei?"

Und Mark kam auf einmal mit zwei Gläsern Prosecco an und grinste: "Los ihr zwei Streithähne! Stosst doch an und versöhnt euch!"

Paul nahm diesen Vorschlag dankend an und drückte Laura an der Schulter, sah sie mit freundlicher Miene an und stellte ein Glas direkt vor sie hin.

„Laura, komm gib dir bitte auch nen Ruck! Ich hab mich gestern wie ein Arsch benommen ich gebs ja zu. Aber bitte sei jetzt nicht die nächsten Tage sauer und versauere uns nicht allen vier den Urlaub!"

Er drückte ihr einen Schmatz auf die Wange und ich sah es schon verräterisch um Lauras Mundwinkel zucken.

„OK, da ich ja hier voll überfallen werde nehme ich jetzt deine Entschuldigung an! Aber ganz ungeschoren kommst du mir nicht davon, ich möchte mit dir da nochmal in Ruhe drüber reden!"

Nicht nur Paul, auch Mark und ich waren erleichtert dass die miese Stimmung erstmal ausgestanden war.

Paul schlug verschmitzt vor: „Ich würde da drüben gern einen Roller mieten, was meint ihr? Und mit einem Helm auf dem Kopf kannst du mich nicht schimpfen, meine Süße."

Wir mussten alle lachen und beschlossen uns in gut einer halben Stunde gegenüber des Hotels beim Rollerverleih zu treffen.

„Komm, Laura, lass die Jungs ruhig gleich loslegen, dann packen wir derweil auf den Zimmern unsere Taschen." überredete ich Laura. Mark und Paul kamen trotzdem kurz mit , um Geld und Papiere zu holen, um die Roller mieten zu können.

Laura fragte:" Carina, nimmst du auch deinen kleinen Rucksack mit? Wieviel Geld nimmst du mit? Ob man wohl auf einem Hippiemarkt mit Karte bezahlen kann? Was meinst du?"

Ich lachte: "Da ist sie ja wieder, unsere

„alte" Laura. Vier Fragen auf einmal! Ja klar, der Rucksack ist voll praktisch, auf dem Roller und dann auf dem Markt. Ich werd mal 50 Euro in bar und die Karte mitnehmen. Obwohl....50 wird zu wenig sein, vielleicht finde ich Mitbringsel für Mama und Papa und Oma und Opa." Wir packten alles ein – und los gings.

Die Jungs mieteten jeweils den Roller und wir Mädels saßen hinten drauf. Wir bekamen Halbschalenhelme, die irgendwie witzig aussahen.

Mark fragte Paul ob er soweit fit sei, von wegen gestern viel getrunken und wenig geschlafen, aber Paul machte nach dem Frühstück nun wirklich einen guten Eindruck.

Wir düsten los und ich genoss die Fahrt. Ich hielt mich bei Mark um die Taille fest und versuchte viel von der Landschaft in mich aufzunehmen um mich später an die schöne Insel erinnern zu können.

Mir ging auch der gestrige Abend nochmal durch den Kopf und ich war froh, dass Mark so ganz anders als Paul war. Er war insgesamt ein ruhiger, ausgeglichener Typ, der sich von nichts schnell aus der Ruhe bringen ließ.

Auch seine Aktion von gestern, als er Paul aus der Mädchentraube herausgeholt hatte, und vorhin seine eingeleitete Versöhnungsaktion rechnete ich ihm hoch an. Mir wurde bewusst, wie sehr ich mich in ihn in diesen zwei Jahren verliebt hatte.

Meine Eltern kamen gut mit Mark aus, und das war mir auch super wichtig, denn ich gab viel auf ihre Meinung.

Marks Eltern waren geschieden und er wohnte mit seinem älteren Bruder Magnus mit seinem Vater gemeinsam im Haus. Seine Mutter war vor Jahren weggezogen, und er sah sie nur sehr selten weil Mark mit ihrem neuen Partner nicht so gut klarkam.

Laura war mit Paul erst seit ein paar Monaten zusammen und Paul schlug manchmal über die Stränge. Teils mit Alkohol mit seiner Fußballclique und teils aber auch mit seiner offenen Flirterei. Ich wünschte es den beiden, dass sie sich noch mehr zusammenraufen würden denn Laura war seit Kindestagen meine beste Freundin, und Paul war insgesamt schon auch ein lieber Kerl.

Mark bremste und ich war überrascht

dass wir schon da waren.

Wir verstauten die Helme und bummelten los.

Der Hippiemarkt in Punta Arabi zog sich mit bunten Ständen durch die parkähnliche Anlage des Resorts und schien riesig zu sein. Ein Duft von Räucherstäbchen stieg mir in die Nase und ich ließ mich davon angelockt zum ersten Stand leiten. Hier gab es diverse Kerzen und Räucherstäbchen und jede Menge afrikanische Holzsachen. Daneben ging es weiter mit Seifen und Klamotten und immer wieder Stände mit Silberschmuck. Wir schlenderten gemütlich durch und blieben hier und da stehen.

„Laura, schau mal" hielt ich die Freundin an „meinst du, das wäre was für Mama?" Ich hielt ein Paar Ohrringe hoch, kleine silberne Creolen mit einer eingearbeiteten Verzierung.

Am ersten Imbissstand holten wir uns kühle Getränke. Nach einer Runde Cola schlenderten wir weiter. Es war insgesamt ein heißer Tag aber Palmen und dazwischen gespannte bunte Tücher spendeten Schatten. Mir gefiel es total gut und auch Laura war begeistert. Und solange keiner jammerte würden wir uns hier schön aufhalten können.

Irgendwann war Mark stehengeblieben und wir anderen warteten. Doch dann winkte er mich zu sich.

Er hielt mir einen schönen silbernen Ring hin und bat mich diesen zu probieren. Am linken Mittelfinger passte er perfekt. Es war ein relativ breiter Ring mit einem lila Stein mittig und ins Silber eingravierte Linien um den Stein herum.

„Gefällt er dir? Ich fand ihn auf Anhieb schön und an dir sieht er jetzt noch schöner aus."

Ich lächelte geschmeichelt und sagte ihm dass mir der Ring sehr gut gefallen würde.

Mark grinste und schickte mich zu Paul und Laura zurück.

Er verhandelte noch mit dem Verkäufer und kam dann zu uns zurück.

„War zu teuer" meinte er schlicht und wir gingen weiter. Ein bisschen war ich enttäuscht, aber ich wollte der Situation jetzt nicht zu viel Dramatik abgewinnen.

Einige der Standinhaber hatten bunte Klamotten an und hatten Rastafrisuren, sie passten einfach wunderbar auf diesen Hippiemarkt.

Wir hielten uns noch gut eine Stunde auf bis Paul ganz zielstrebig zu einer Bar hinzog wo es Pizzen und Tapas gab.

Erschöpft ließen wir uns auf die Stühle fallen und bestellten jeder erstmal eine Cola.

Ich bestellte mir zusammen mit Laura eine Portion Tapas für 2 Personen. Mark und Paul bestellten sich jeder eine Pizza.

Die Tapas waren genauso lecker wie sie aussahen: eingelegte grüne Oliven, pikante Hähnchenflügel, gegrillte Antipasti und eine Guacamole. Dazu gab es Knoblauchbaguette. Die Jungs rümpften in übertriebener Geste die Nase.

Ihre Pizzen sahen auch gut aus und wurden auch restlos aufgegessen.

Danach schlenderten wir zu den Rollern zurück und machten uns auf den Rückweg. Laura fuhr nun den Roller – sie hatte auch zuhause einen – ich setzte mich wieder hinter Mark.

Auf der Rückfahrt schmerzte mir schon der Hintern und ich war froh als wir wieder nach San Antonio kamen.

Die Roller parkten wir vorm Hotel, wir mussten sie erst morgen Mittag zurückbringen.

Wir holten unsere Badesachen und hatten Glück dass einige Liegen frei waren. Dann gab es kein Halten mehr und wir sprangen mit lauten Platschern in den herrlich erfrischenden Pool.

Faul hielten wir uns am Beckenrand fest und ließen die Füße im Wasser baumeln.

Jetzt merkte ich erst wie müde ich wurde. Laura bequatschte mit Mark gerade die Tour wo wir abends mit den Rollern hinfahren könnten. Uff-schon wieder sitzen.

Ich seilte mich ab und legte mich schnurstracks auf die Liege. Gott war das schön! Die Sonne schien immer noch warm, aber nicht mehr so grellheiß wie mittags. Dazu ein laues Lüftchen. Nach keinen zwei Minuten war ich weggedöst.

5

Wir hatten alle vier ein kleines Nickerchen am Pool gemacht.

Als ich mich reckte und streckte, bemerkte ich dass Paul auch schon wieder fit war, während Mark und Laura noch schliefen. Mark schnarchte sogar leise.

Das war jetzt DIE Gelegenheit, auf die ich gewartet hatte!

„Du, Paul" wandte ich mich an ihn „lassen wir die zwei Schlafmützen doch liegen! Komm mal bitte kurz mit mir da rüber, ich möchte kurz was mit dir besprechen – wegen Laura."

Paul stutze zuerst, kam aber dann mit. Ich ging voran und steuerte im Hotelgarten auf eine kleine Sitzgruppe zu. Wir setzten uns und Paul sah mich wieder fragend an.

„Carina, du machst es aber spannend! Aber bitte nicht auch von dir noch ne

Standpauke wegen des kleinen Flirts im Pacha!"

„Keine Angst, Paul, bestimmt keine Standpauke, sondern eher ein kleiner Hinweis oder Tipp für dich, warum Laura oft so heftig reagiert, wenn du mal ein bisschen mehr getrunken hast..."

Er zog die Augenbrauen etwas hinauf, doch ich schien sein Interesse geweckt zu haben.

Ich seufzte, "ich werde es Laura auch irgendwann sagen, dass ich dich deswegen angesprochen habe..."

„Was hat sie dir eigentlich von Mike, deinem Vorgänger, erzählt?"

„Hmm, nicht allzu viel, die Sache ist wohl auch nicht gerade im Guten auseinander-gegangen. Aber wenn du jetzt so fragst – stimmt – da machte sie bisher immer zu und hat echt wenig erzählt. Ich kenn ihn nur so vom Sehen. Ich glaub er war zwei oder drei Klassen über mir" sinnierte nun Paul.

„Ja, kann hinkommen, er ist vier Jahre älter als Laura. Tja, das wird jetzt ne längere Geschichte aber ich MUSS dir das jetzt einfach sagen!!

Laura hat ihn auf dem Volksfest im Bierzelt kennengelernt und fand ihn von Anfang an cool. Sie war gerade siebzehn geworden und er war schon einundzwanzig. Er sieht ja auch wirklich gut aus mit seinen dunklen Locken und immer braungebrannt und immer lässig angezogen.

Er war allerdings mit seiner Freundin dort im Bierzelt und mit der ganzen Clique. Er hat immer gern getrunken, genau hier liegt das Problem. Laura und ich setzten uns zu ihnen dazu, weil wir nur zu zweit waren und sonst im Bierzelt auch schon alles voll war.

Mike hat Laura von Anfang an angemacht. Erst zugezwinkert und angelächelt und dann immer mehr angeflirtet. Laura hatte ihn schon länger heimlich angehimmelt und sie war hin und weg.

Ich fand es eher krass, dass er vor seiner Freundin völlig ungeniert geflirtet hat. Die Marie ist dann irgendwann mal aufgestanden und rausgegangen, ich glaub er hat es nicht mal bemerkt, und ist gleich noch näher an Laura rangerutscht.

Ich musste zur Toilette und da hab ich

dann Marie getroffen. Sie hatte anscheinend geweint und hat sich grad vorm Spiegel wieder frischgemacht. Sie hat mich angezischt, dass ich gefälligst mit Laura von ihrem Tisch verschwinden soll. Sie ist wütend ins Zelt zurück und ich vielleicht ein paar Minuten nach ihr.

Mike hat sie da gerade höhnisch ausgelacht, was für ein albernes und eifersüchtiges Weib sie doch wäre. Er hat sie vor allen anderen bloßgestellt, das war echt nicht mehr lustig.

Marie hat trotzdem versucht ihn zu besänftigen und gesagt sie würd jetzt gern mit ihm rausgehen. Er hat sie erst verarscht und dann original angebrüllt, dass sie sich verpissen soll. Genau das waren seine Worte! Irgendwie tat sie mir leid. Sie begann wieder zu weinen und lief dann raus. Er ist ihr nicht nachgegangen.

Laura hat sein Verhalten wohl nicht mal gestört, sie war einfach hin und weg von ihm. Die anderen am Tisch waren ganz nett und wir waren bestimmt noch ne Stunde dort.

Mike hatte beinahe alle 30 Minuten eine neue Maß Bier vor sich stehen! Und wurde immer lauter. Und cooler. Irgendwann sind wir dann zur Bar vor. Da hab ich dann Mark mit seiner Fußballclique getroffen und mich nicht mehr so um die beiden gekümmert.

Auf jeden Fall hatten sie rumgeknutscht und hingen die ganze Zeit zusammen rum. Und ab dem Abend waren sie zusammen. Die eine weggeekelt und gleich mit der nächsten losgezogen. Laura wollte davon nichts hören. Sogar an diesem Abend war er noch in eine Schubserei verwickelt, sodass die Typen von der Securitiy schon eingeschritten sind.

Und so in der Art ging es eben weiter!! Der Mike konnte lieb und nett sein, wenn er nichts getrunken hatte, aber wehe er hatte dann mal die dritte oder vierte Halbe intus! Und das war fast immer!

Dann wurde er schnell übertrieben laut, hat jede angeflirtet und jeden angemacht, der ihn – seiner Meinung nach - schief angeschaut hat. Und Laura hat alles beschwichtigt und wollte nichts hören, wenn ich mal was zu ihr gesagt hab.

Bei ihnen zuhause hatte er tatsächlich nach ein paar Wochen Hausverbot. Daniela wusste sich wohl nicht anders zu helfen.

Na und, da haben sie sich eben bei ihm getroffen, er hatte eh eine eigene Bude. Auch das fand Laura cool. Und sein Cabrio natürlich auch.

Zu viert haben wir nicht oft was gemacht, weil Mark mit ihm auch nicht so gut auskam. Und mir war er auch bald echt unangenehm. Und peinlich. Und er hat auch Laura nicht gut behandelt, nur so krass wie er es mit Marie gemacht hatte, war es anfangs nicht."

Paul hörte aufmerksam zu und hatte die Stirn in Falten gelegt.

Ich sprudelte weiter los: „ Richtig krass wurde es dann bei der Geburtstagsfeier von einem aus der Clique. Da hat er sich richtig besoffen, so dass es erstmals auch Laura richtig zuwider war. Sie hat sich dann an einen anderen Tisch gesetzt, aber dann ging es erst richtig los! Mike meinte, dass Laura mit seinem Cousin geflirtet hätte. Die hatten nicht mal zehn Worte gewechselt. Da ist der Mike total ausgetickt und wollte sich mit ihm prügeln.

Laura sagte, er soll sich beruhigen, und da hat er sie auch zum erstenmal richtig angegangen. Vor uns allen!

Er hat sie an der Schulter gepackt und absichtlich angerempelt und sie als Miststück bezeichnet.

Und genau in dem Moment kam Papa um uns abzuholen. Wie peinlich. Er hat diese Szene VOLL mitbekommen. Er hat Laura aufgefordert mitzukommen, und ja nicht mit diesem Besoffenen mitzufahren.

Laura war das alles natürlich mega-peinlich und wir mussten sie wirklich überreden mitzukommen. Mein Vater mischt sich normalerweise bei meinen Freundinnen nicht ein, aber er hat ihr deutlich zu verstehen gegeben dass sie sich gut überlegen soll, ob sie weiterhin mit so einem „Säufer" befreundet sein möchte.

Ich hab ihr natürlich auch gut zugeredet. Als er sich am nächsten Tag bei ihr entschuldigt hat und sie zum Italiener eingeladen hat war natürlich alles vergeben und vergessen." Ich seufzte und holte tief Luft bevor ich fortfuhr.

„Aber solche Vorfälle häuften sich und irgendwann wurde schon über Laura getuschelt. Mir tat das leid, aber in diesem Thema kam ich einfach nicht an sie ran. Sie war total verliebt und auch stolz, dass sie mit einem so gutaussehenden und älterem Kerl zusammen war. Sogar ihre Mutter hat mich zwischendrin mal angerufen und gebeten mit ihr zu sprechen. Sie meinte dass Laura vielleicht auf mich hören würde – aber denkste.

Ich hab mit Laura in der Zeit immer weniger zusammen unternommen. Einerseits ging es von mir aus und teils aber auch von ihr.

Als es zum Eklat kam hab ich das gar nicht mitbekommen sondern erst danach erfahren, aber der Reihe nach.

Mike und Laura waren zu dem Zeitpunkt gut drei Monate zusammen und am Wochenende blieb sie meist bei ihm übernacht. Die beiden waren zu einer Feier von seinem Fußballclub eingeladen, war wohl ne größere Feier mit über hundert Gästen im Vereinslokal. Aus einem lustigen Abend wurde wieder eine Alk-Katastrophe. Mike hat sich durch sein Gegröle, Geflirte und dann einer Schlägerei mal wieder keine Freunde gemacht. Laura wollte wie immer retten, was zu retten ist und ihn heimfahren. Drei seiner Spezl haben ihr geholfen ihn zum Auto zu bringen, er konnte wohl kaum noch gerade stehen! Laura war wohl nicht bewusst auf was sie sich da einlässt. Als sie vor seiner Wohnung waren hat sie ihn kaum aus dem Auto bekommen. Sie hat mir erzählt, dass sie damals wirklich verzweifelt war und nicht wusste was sie tun sollte.

Irgendwie sind sie dann zusammen in seine Wohnung gewankt und Laura wollte nur noch erreichen, dass er sich hinlegt und seinen Rausch ausschläft. Er hat sich wohl auch erst – komplett angezogen- aufs Bett gelegt. Als Laura ihm die Schuhe ausziehen wollte, ist er urplötzlich total ausgerastet und hat sie angeschrien, warum sie eigentlich unbedingt schon heimgewollt hatte, und dass sie ihm den ganzen Abend versaut hätte. Wie er nun vor seinen Kumpels dastehen würde, wenn er schon um zwölf „ins Bett müsste".

Und dann sagte Laura, dass er wieder aufgestanden ist und sich wohl am Regal festhalten wollte, es aber dann komplett umgeschmissen hatte. Das war so ein hoher Raumteiler mit lauter Pokalen und so Sachen drin. Alles ist rausgefallen und samt dem Regal zu Boden gepoltert. Dazwischen muss er sie immer noch fürchterlich angeschrien haben.

Paul schüttelte den Kopf und murmelte „Wahnsinn!" bevor er mich aufforderte weiter zu berichten.

„Kurz drauf hat der untere Nachbar

geklingelt und wollte wissen was da los sei. Er hat Laura – sie hatte die Tür geöffnet – gefragt ob alles ok sei, sonst würde er die Bullen rufen.

Laura wollte den Eklat vermeiden und hat beschwichtigt, dass sie nur gestritten hätten. Oh Mann. Sie hat ihn immer noch gedeckt. Mike war inzwischen aufs Klo gegangen und Laura hoffte einfach dass er sich endlich beruhigen würde. Aber das war nur Wunschdenken.

Er hat sich wohl dann am Waschbecken kaltes Wasser ins Gesicht gespritzt und Laura hatte ihm grad ne Aspirin aufgelöst und gebracht. Als sie ins Band kam, hat er ihr erst das Glas aus der Hand geschlagen und dann urplötzlich mit der blanken Faust die Fensterscheibe zertrümmert."
Paul riss ungläubig die Augen auf und hörte weiter gebannt zu.

„Er hat aus der Schnittwunde geblutet und Laura wurde nun wirklich richtig hektisch. Sie wollte einerseits einfach nur noch weg, und andererseits wollte sie ihn sofort ins Krankenhaus bringen, denn er verlor gleich viel Blut.

Als die Tür aufgesperrt wurde und Mikes Vater reinkam hat sie ihm heulend kurz Bericht erstattet und ist dann schnurstracks heimgefahren. Der Nachbar hatte nicht die

Polizei, aber Mikes Vater angerufen. Er hat dann sozusagen seinen besoffenen Sohn übernommen.

Laura hat daheim ihre Mutter aufgeweckt und hat ihr alles haarklein erzählt bis weit in die Nacht. Die zwei hatten ja bis vor Mike ein super Verhältnis gehabt.

Daniela war insgeheim aber froh, dass ihr nun die Augen geöffnet worden waren.

Mir hat sie es dann am nächsten Tag – unter vielen Tränen- gebeichtet. Ich war echt schockiert, einmal, dass Mike soweit gegangen ist, aber auch, dass Laura nicht schon eher die Notbremse gezogen hat.

Übrigens, Mike hat sich nicht mal bei ihr entschuldigt oder versucht noch was zu retten. Laura hatte ihn nämlich ein paar Tage danach noch angerufen, weil sie in einer Aussprache richtig Schluss machen wollte.

Mike wollte aber gar nicht mehr mit ihr darüber reden und hat sich sehr schnell wieder getröstet.

Laura ging es eine Zeitlang nicht gut, und sie war aber auch sauer auf sich selbst.

Und wie gesagt, nach drei Monaten hat sie dich kennengelernt" ich grinste ihn an „und nun geht's ihr wieder richtig gut!"

Paul stieß die Luft mit einem langen Seufzer aus und meinte „Danke Carina, das ist echt super von dir gewesen, mich hier einzuweihen! Krasse Geschichte mit diesem Mike, so ein Idiot! Behandelt seine Mädels wie den letzten Dreck!" Paul schüttelte den Kopf.

„Mir wird jetzt so einiges klar, wo ich dir zugehört habe. Allerdings möchte ich schon betonen, dass ich nicht halb so viel sauf wie dieser Typ und auch nicht ausfallend werde. Aber ich werd mit Laura demnächst mal über diese ganze Situation sprechen, das ist sie mir schon wert, meine Süße!"

Ich grinste Paul an. Ich kannte ihn nun ja auch seit gut drei Monaten, aber so ein intensives Gespräch wie heute hatte ich noch nie zuvor mit ihm gehabt.

Ich war mir aber sicher, dass es die Sache wert gewesen war.

„Komm, Paul, lass uns einen Schlenker über die Bar machen, dann nehmen wir gleich auch Getränke für die Schlafmützen mit", lockerte ich die Situation auf.

Paul folgte mir und wir holten vier
Bitter Lemon mit Eis aufgefüllt.

Laura und Mark waren nicht auf den
Liegen sondern drehten gerade eine Runde im
Pool. Mark sah uns anerkennend an und hob
den Daumen, als er uns mit den kühlen
Getränken sah.

Wir beschlossen noch etwas am Pool zu
bleiben und verabredeten uns für 20 Uhr zum
Abendessen.

6

Frisch erholt und frisch gestylt saßen wir nun beim Abendessen. Das Thema des heutigen Buffets war „Asien".

An der Live-Cooking-Station brutzelte es in mehreren großen Pfannen. Verführerische Düfte wie Curry und Ingwer ließen meinen Magen knurren.

Doch beim Vorspeisenbuffet sah ich dann absolut lecker aussehendes Sushi angerichtet. Nun gab es kein Halten mehr, denn ich liebte Sushi. Ich stellte mir meinen Teller appetitlich zusammen und holte mir dann noch Stäbchen.

Ehrlicherweise wollte ich mit den Stäbchen aber nur das Sushi essen, für Reis und Soße würde ich wieder auf Besteck zurückgreifen.

Laura schlich unentschlossen ums Buffet herum, ich wusste, dass asiatisch nun gar nicht so ihre Geschmacksrichtung war. Sie entschied sich vorsichtig für Schweinefleisch süß-sauer und Reis dazu.

Laura und ich hatten uns Rosé und Wasser bestellt, die Jungs blieben beim Cola, weil wir ja hernach nochmal mit dem Roller fahren wollten.

„Leute ich habe keine Lust auf eine größere Tour, das sag ich euch gleich!" maulte ich.

Laura grinste: „Mark und ich meinten wir könnten einfach mal zum Westend fahren und danach noch etwas nördlich, da sollen noch schöne kleine Buchten sein. Zu weit ist heute echt nicht mehr drin."

Ich brummte zustimmend und Paul meinte auch: „Allerdings! Ich geb Carina voll recht, und mir tut der Hintern ja vom Vormittag noch weh. Westend hört sich gut an und dann vielleicht noch zu diesem Cap Negret, da hab ich schon gehört davon, soll schön sein dort."

Nachdem das also geklärt war, genossen wir noch unser Abendessen. Wir holten uns alle vier noch eine schöne große Portion Eis, bevor wir dann beschlossen aufzubrechen.

Zum Westend ging es mit dem Roller ratzfatz. Wir schafften es gerade noch zum Sonnenuntergang, der wieder von hunderten Menschen bestaunt und beklatscht wurde. Was für eine Stimmung!

Diesmal war auch Paul total beeindruckt und hielt Laura umschlungen. Auch Mark kam auf mich zu und legte mir die Arme um die Taille. Ich genoss die Nähe und schweigend sahen wir die Sonne langsam im Meer versinken. Wir schossen wieder Fotos und es sah heute ganz anders aus als zuletzt, weil sich leichter Wolkendunst übers Meer gelegt hatte. Der glutorangene Sonnenball färbte den Horizont in wunderschöne Schattierungen zwischen dunklem orange bis hin zu violetten Tönen. Einfach beeindruckend und berauschend so ein Sundowner.

Dann fuhren wir gut zehn Minuten weiter zu einer kleinen Bucht wo eine schnuckelige Beachbar war. Die Bar war mit einem engmaschigen Fischernetz überdacht und es baumelten bunte Lampions daran. Muscheln und Seesterne waren wunderschön im Netz drapiert. Auf den Tischen standen Kerzen und auch am kleinen Sandstrand waren Matten ausgelegt wo man sich hinsetzen konnte. Hier am Strand steckten Fackeln im

Sand und diese warfen Schatten bis vor zur leichten Brandung. Herrlich romantisch!

Wir bestellten uns jeder einen Cocktail und sahen aufs Meer hinaus. Das war wie ein magischer Moment, den man am liebsten festhalten würde. Leise Loungemusik kam von hinten aus der Bar und von vorne hörte man das leise Plätschern der Wellen.

Mark hatte mir den Arm um die Schultern gelegt und drückte mich zärtlich an sich.

Ich löste mich von ihm und legte mich entspannt auf die Reisstrohmatte. Auf dem Rücken liegend sah ich direkt in den Sternenhimmel. „Das ist so schön, dass es schon fast wehtut" sagte ich leise zu Mark.

Er schmunzelte und legte sich dann neben mich. Wir verschränkten die Hände ineinander und genossen einfach die tolle Stimmung.

Laura zierte sich noch immer ein bisschen, aber Paul ließ nicht locker und bemühte sich immer wieder um sie.

Eine Zeitlang hing jeder seinen Gedanken nach bis Paul meinte, er sei hundemüde und würde gern langsam aufbrechen.

Es war eh schon wieder Mitternacht bis wir aufs Zimmer kamen, eine Zeit wo manche Partygänger gerade erst anfingen.

Wir beschlossen morgen einen relaxten Tag an Pool und Strand zu verbringen. Denn abends wollten wir in den großen Club direkt an der Strandpromenade von San Antonio. Insgeheim hoffte ich, dass hier nicht wieder alles so teuer und übertrieben sein würde, und auch dass Paul mit Laura und keiner anderen flirten würde.

7

Nach einem wieder einmal ausgeuferten Frühstück mit Kaffee und Prosecco sowie Omelett mit frischem Serranoschinken und etlichen kleinen Küchlein danach brauchte ich dringend einen Verdauungsspaziergang.

Laura und Paul winkten ab, sie wollten sich gemütlich an den Strand legen.

Mark meinte, er könne auch etwas Bewegung vertragen.

Wir cremten uns ein und ich holte noch meinen neuen coolen Sonnenhut im Cowgirl Look hervor. Und es konnte losgehen.

Das seichte Wasser in der Bucht war beinahe glasklar und vormittags herrschte noch kein großer Trubel. Die Ausflugsboote waren wohl eh schon unterwegs. Händchenhaltend bummelten wir am Strand entlang bis Mark etwas herumdruckste und schließlich anfing:

"Carina, ich muss dir was sagen.......... du das mit dem Studienplatz in München wird nichts. Aber Regensburg scheint zu klappen."

„Hey das ist doch auch super" fiel ich ihm ins Wort", dann kannst du ja sogar mit Magnus zusammen fahren!"

Mark zögerte: "Könnte ich schon. Aber ich möchte mir dort eine kleine Wohnung nehmen. Das stell ich mir einfach viel besser vor als jeden Tag ewig im Auto zu sitzen. Und es soll dort super Locations für Studenten geben, wo man abends auch mal super weggehen kann.

Magnus kriegt ja davon kaum was mit. Er ist total eng mit seiner Fußballmannschaft verbandelt und das Training zweimal unter der Woche lässt er nie aus.

Und dich wollte ich fragen, liebe Carina, ob du mit mir zusammen nach Regensburg kommen willst!"

WROMM!!! Ich zuckte zurück und entzog ihm meine Hand.

„Sag mal spinnst Du?! Du weißt ganz genau, dass meine Ausbildung am ersten September losgeht und ich habe schon unterschrieben! Was sollte ich in Regensburg?

Und meine Wohnung? Papa ist schon in den letzten Zügen, die Böden sind drin, wir wollten demnächst Möbel bestellen! Wie stellst du dir das vor?

Und überhaupt, was heißt hier die ganze Zeit im Auto? Es sind knapp hundert Kilometer UND du kannst dich mit Magnus abwechseln. Und wie willst du überhaupt eine Wohnung dort bezahlen?"

In Sekundenschnelle war mir ein Adrenalinstoß durch den Körper geschossen, was sollte das jetzt? Alles in mir sträubte sich gegen diese seine Idee.

Mark schnaufte und antwortete: „Na super! Ich dachte du freust dich. Ich sagte ja nicht, ich geh nach Regensburg und ich mach Schluss, sondern ich frage dich, ob du mit mir zusammenziehen willst! Andere Mädels -wie Laura- wären froh um diese Frage! Ich werde abends jobben und du verdienst doch auch schon in der Ausbildung! Und Tourismus-kaufleute werden in Regensburg ja wohl auch ausgebildet. Du kannst dir wohl gar nicht vorstellen mal vom Rockzipfel deiner Eltern wegzukommen, was?"

Ich schnappte nach Luft. Der schöne Strandspaziergang entwickelte sich zum Fiasko. Ich hatte einen Kloß im Hals.

„Ich habe mit Mama und Papa ein super Verhältnis und ich FREUE mich auf die Wohnung! Und ich habe den Ausbildungsvertrag bei Lauras Mama GERNE unterschrieben und freue mich! Ich kann ihr doch so kurzfristig nicht absagen!

Und ich WILL auch nicht nach Regensburg ziehen. Shoppen und weggehen gerne – aber nicht gleich hinziehen!

Und dann die ganze Kohle für Miete ausgeben, nein, das will ich nicht. Und Mark, ich liebe dich sehr, aber jetzt schon zusammenziehen, das geht mir zu schnell." sagte ich unglücklich.

„Du versaust mir mit deinen spinnerten Ideen noch den ganzen Urlaub!"

Wütend und unglücklich zugleich schaute ich ihn an. Auch Mark hatte „zugemacht" und hatte eine steile Falte auf der Stirn und einen verkniffenen Zug um den Mund.

„Dass du so engstirnig bist, hätte ich

echt nicht gedacht, Carina."

„Engstirnig nennst du das, aha. Ich nenn es vernünftig!

Ich habe meinen Wunschausbildungs-platz bekommen und hab nur fünf Kilometer dorthin zu fahren. Wenn ich möchte, kann ich bei schönem Wetter sogar mit dem Rad fahren!

Und ich bekomme im Elternhaus eine Dreizimmerwohnung mit Balkon und Carport und brauch keine Miete zahlen.

Was bedeutet, dass ich mit meinem Geld echt was anfangen kann. Reisen zum Beispiel. Oder endlich die Reitbeteiligung von der ich schon so lange träume. Und ICH wollte DICH fragen ob Du bei mir einziehst – die Wohnung ist groß genug – aber erst möchte ich mich selbst dort etwas einleben. Wenn wir uns weiter liebhaben und gut verstehen, könnte ich mir das super vorstellen. Aber nicht, wenn ich von dir in eine Ecke gedrückt werde! Der Tag hat vorhin so wunderbar begonnen!" Ich schnaufte und war den Tränen nahe.

„Carina, du bist immer so vernünftig und denkst immer so praktisch, teils schätze ich das an dir, aber mal einfach jung sein und was Verrücktes machen, was spontan entscheiden, das geht mit dir scheinbar nicht.

Man muss ja nicht ewig in Regensburg wohnen bleiben und es gibt dort bestimmt auch eine günstige Wohnmöglichkeit, vielleicht auch in einer WG.

Deine Eltern würden dir die Wohnung wahrscheinlich freihalten. Und hätte ich jetzt nicht im Urlaub mit dir darüber gesprochen sondern erst daheim, dann hätts dir auch nicht gepasst!"

Ein paar andere Strandspaziergänger warfen uns bereits kurze Blicke zu, wir waren ohne es richtig zu bemerken laut geworden. Ich genierte mich nicht einmal, denn meine Enttäuschung und mein Unmut waren stärker.

„Mark, du hast keinen müden Euro bei der Seite! Wenn du Hunderte Euro für Miete und Essen ausgeben musst, bleibt ja für Hobbies nichts mehr übrig! Was ist also mit geplanten Sachen wie der Kuba-Rundreise?

Oder dass wir oft weggehen und auch essengehen können ohne dauernd nachzurechnen? Das ist mir wichtig! Ich dachte immer du denkst da ähnlich! Warum fährt Magnus dann beinahe täglich?"

„Ach der" sagte Mark mit einer

69

unwirschen Handbewegung, "der kommt von seinem Fußballverein nicht los. Und er WILL nicht weg, er möchte auf ein „gescheites" Auto sparen weil sein Gebrauchter auch nicht ewig halten wird.

Ja, ok, wir müssen daheim auch nichts abgeben von der wenigen Kohle, solange wir uns in Haus und Garten mit Arbeiten beteiligen.

Und ehrlich gesagt hab ich jetzt keine Lust mehr mich mit dir rumzustreiten, erst die anderen zwei und jetzt du....Naja, komm lass uns zurückgehen".

„Du kannst mir doch nicht jetzt solche Sachen an den Kopf schmeißen und dann sollen wir zurückgehen, obwohl wir uns gar nicht richtig ausgesprochen haben ?!"

Der Kloß in meinem Bauch schwoll an und die Situation entgleiste mir.

Ich wusste nicht, ob ich weiter wütend sein sollte, oder einfach nur heulen. Meine Gefühle waren wie in einer Achterbahn.

„Geh schonmal vor. Ich kann jetzt so nicht zu den anderen zurückgehen" antwortete ich mit tränenerstickter Stimme.

Als sich Mark tatsächlich umdrehte und ging kamen mir die Tränen. Ich setzte mich einfach in den Sand und weinte leise vor mich hin.

Wusste er eigentlich in welche Situation er mich damit brachte? Raus vom entspannten, verliebten Urlaub rein in diese verzwickte Lage?

Vor zwei Stunden war ich noch so glücklich gewesen – und jetzt? Saß ich hier und war kreuzunglücklich.

Aber in mir drin wusste ich längst die Antwort! Es war richtig, meinem Gefühl zu folgen! Ich freute mich sowohl auf meine erste eigene Wohnung, als auch auf die Lehrstelle im Reisebüro von Lauras Mutter Daniela.

Ja, ich liebte Mark wirklich, sehr sogar, und ich konnte mir schon eine gemeinsame Wohnung vorstellen. Aber nicht jetzt hopplahopp sofort nur nach seinen Wünschen!

Irgendwie war ich in dem ganzen Gefühlschaos trotzdem froh darüber, dass meine Entscheidung so klar durchblinkte!

Würde er Schluss machen, wenn ich nicht mitkäme? Wie wäre es wenn wir uns nur noch am Wochenende sehen würden?

Würde er dort auf einer coolen Studentenparty schnell eine Neue finden?

Die Fragen schossen mir durch den Kopf.

Bedrückt ging ich langsam zum Hotel zurück.

Dort hatte Laura schnell erfasst, dass etwas nicht stimmte. Mark war nicht am Platz, sie richtete mir aus, dass er mit Paul die Roller zurückbringen wollte.

„Was ist denn los mit euch? Ihr seid heute früh so glücklich und verliebt gewesen, man könnte ja direkt neidisch werden. Und jetzt? Jeder zieht nen Flunsch, also ich versteh nur noch Bahnhof. Grad jetzt wo ich mich mit Paul wieder eingekriegt habe...?!"

Ich platzte heraus: „Ach Laura, er möchte in Regensburg eine Wohnung mieten, weil er dort einen Studienplatz bekommen hat. Und er möchte dass ich mitkomme..." ich verstummte und sah es direkt hinter Lauras Stirn arbeiten.

„Oh, verstehe, und du möchtest nicht

wegen der Lehre und wegen der Wohnung! Wenn Paul mich fragen würde, wüsste ich jetzt auch nicht gleich was ich sagen sollte, aber er fragt auch nicht.

Nunja, wir sind noch nicht so lange zusammen. Aber freuen würde ich mich schon. Und so ne Studentenstadt wie Regensburg könnte ich mir schon auch gut vorstellen, aber die Kosten für ne Bude sind dort bestimmt nicht lustig. Ich weiß auch nicht was Mama sagen würde, wenn du die Lehre doch nicht antrittst....."

„Ich trete sie aber an. Basta! Ja ich freue mich sogar drauf. Ich WILL nicht absagen und ich will nicht wegziehen. Aber ich will Mark auch nicht verlieren! Wir hatten bisher so eine schöne Zeit! Es stimmt beinahe alles zwischen uns!"

Laura räusperte sich, denn Paul und Mark kamen auf uns zu. In den Händen hielten sie vier Sangria. Mark reichte mir das Getränk und sah mich unverbindlich, aber nicht unfreundlich an. Als wäre nichts gewesen. Und Paul schäkerte und lachte mit Laura. Er schien nichts mitbekommen zu haben oder er verbarg es geschickt.

„Wir werden nachmittags mal zum Hafen vorgehen, vielleicht bekommen wir Tickets für einen der beiden großen Clubs hier. Mal schauen!"

Ich antwortete Paul:"Du und Laura?"

Er meinte, er wolle mit Mark losgehen.

„Wegen mir gern.....aber bitte keine doofe Schaumparty für 50 € Eintritt oder so ein Mist. Mir ist auch egal in welchen Club wir reingehen, die sind eh nebeneinander und haben beide gute Bewertungen. Ganz ehrlich, über 25 € bin ich raus, dann geb ich mir hier die Kante."

Paul stutze, Mark schaute mich auch etwas komisch an, aber Laura gab mir recht.

Sie meinte „Lasst uns lieber noch für einen Tag ein Auto leihen und etwas von der Insel sehen, die Altstadt Dalt Vila soll tags oder abends wunderschön sein. Soviel Party und Disco muss ich nun auch nicht haben.

Und wie wärs mit einem kleinen Mittagessen, das Restaurant hat nur noch ne dreiviertel Stunde auf!"

Normalerweise war ich es, die immer

Hunger hatte und an Mahlzeiten erinnerte. Doch irgendwie war mir der Appetit vergangen. Ich kam zwar mit, aß aber für meine Verhältnisse eine eher kleine Portion und keinen Nachtisch. Mark sah mich verwundert an, sagte aber nichts. Und wenn er was sagte, dann ganz allgemein über heute Abend oder über Belangloses.

Ich „versteckte" mich nachmittags die meiste Zeit hinter meinem Buch und hatte auch keine Lust, Laura noch genauer zu bejammern, als Paul und Mark loszogen um Karten zu besorgen.

Sie ließen sich lange Zeit und waren gegen fünf noch nicht zurück. Ich schob Kopfschmerzen vor und verzog mich aufs Zimmer.

Nach einer langen und ausgiebigen Dusche ging es mir etwas besser. Ich cremte mich in aller Seelenruhe ein und verwendete extra viel Zeit für mein Makeup, das ich anschließend als total gelungen fand:

raffiniert aber nicht zu extrem. Ich suchte mir mein Lieblingskleid aus dem Koffer, ein schwarz geblümtes knielanges Kleid, das eng um den Busen anlag und einen schönen

V-Ausschnitt hatte. An der Taille war es eng abgenäht und fiel dann locker nach unten.

Es war mir heute besonders wichtig, dass ich mit mir selbst zufrieden sein konnte.

Dann nahm ich mein Handy und setzte mich auf den schönen Balkon mit der wunderbaren Aussicht. Ich tippte einige Nachrichten und stellte ein paar besonders schöne Fotos in zwei verschiedene Messengerdienste.

Als ich Mark an der Tür hörte, war es schon fast sieben Uhr.

„Hi, wir waren ne ordentliche Runde unterwegs und haben Tickets mit freiem Eintritt bekommen, als wir in einem Pub am Hafen ein Guinness bestellt haben.

Carina, du siehst übrigens super aus und das sag ich jetzt nicht als Geschmeichle, sondern weil es stimmt.

Wegen unserem Gespräch heute möchte ich jetzt nichts mehr sagen, ich möchte mir auch alles nochmal durch den Kopf gehen lassen."

Ich nickte und schluckte hart. Aber bestimmt

war es wirklich besser, nicht sofort wieder davon anzufangen.

Trotzdem war ich wieder den Tränen nahe. Ich war bemüht mich zu beruhigen und zählte innerlich bis drei, bevor ich tief Luft holte und ihm entgegnete:

„Ok, Mark, lass und drüber schlafen und dann nochmal in Ruhe drüber reden."

Nach dem Abendessen kam dann also unser zweiter Discobesuch.

8

Wir holten uns an der Poolbar jeder noch einen leckeren Cocktail und zogen dann los Richtung Strandpromenade.

Der Club lag nur knapp zehn Minuten entfernt und wir waren für „Party-Verhältnisse" um elf früh dran. Allerdings war auch hier wieder eine Warteschlange vorm Eingang. Doch es dauerte nicht lang und wir waren drin.

Insgesamt fühlte ich mich zwar wieder besser als direkt nach unserem Streitgespräch aber so direkt in Partylaune war ich nicht. Laura lotste uns zur Bar und auch hier waren die Getränkepreise ähnlich hoch wie im Pacha. Ich hatte keine Lust für einen Cocktail 15 € zu berappen und nahm mir ein Bier, 0,33 l für 6 €, na da war ja das Oktoberfest daheim noch beinahe günstig.

Wenigstens waren Laura und Paul gut drauf, das freute mich wirklich für sie.

Mark nahm irgendwann meine Hand und legte mir dann kurz den Arm um die Schultern. Einerseits freute es mich aber andererseits bekam ich einen Kloß im Hals. So eine Auseinandersetzung wie heute hatten wir in den zwei Jahren noch nicht gehabt. Es fiel mir schwer umzuschalten und einen entspannten Discobesuch zu haben.

Der Club sah toll aus mit verschiedenen Bereichen, Tanzflächen und Bars, manche auch in einem schönen Garten, wo es nicht ganz so laut war wie drin. Die Musik war wieder die typische Ibiza-Chilloutmusik was ehrlich gesagt nicht so ganz mein Geschmack war.

Ich wollte aber jetzt auch keine Spielverderberin sein und als Laura mich auf die Tanzfläche zog, kam ich mit.

Mit tanzen und trinken dachte ich irgendwann nicht mehr so genau nach und wurde etwas lockerer. Ich war auch froh, dass Mark nicht nachtragend war, ich hatte ihm schon sehr direkt die Meinung gesagt.

Gegen eins wollte Laura zur Toilette und gleich neue Getränke holen. Wir hatten unsere Gläser auf einem Stehtisch abgestellt der direkt neben der Tanzfläche war.

Mit der Zeit bekam ich wirklich Durst und fragte mich wo Laura solange blieb. Gerade jetzt schaute auch Paul sich immer wieder suchend um und auch Mark meinte „wo holt denn Laura die Drinks? Oder hat sie alles selber getrunken?"

Nachdem eine halbe Stunde vorbei war, begann Paul sie zu suchen und auch Mark ging in die andere Richtung los. Ich blieb am Platz falls sie kommen würde. Paul hatte ihr auch schon aufs Handy geschrieben. Ich hatte meins im Hotelsafe gelassen.

Nach weiteren zwanzig Minuten wurde ich unruhig und dann kam Paul ratlos und schulterzuckend zurück.

Komisch, das sah Laura nicht ähnlich. Und sie kannte hier ja außer uns niemand wo sie zum Quatschen hätte stehenbleiben können. Und dass sie fremdflirten würde um Paul einen Denkzettel zu verpassen? Aber was sollte es bringen wenn er es gar nicht sah. Nun kam auch Mark zurück.

„Carina, schau doch mal auf den Toiletten nach und wenn sie da nicht ist lassen wir sie ausrufen.

Ich kämpfte mich durch die Menschenmassen zu den Toiletten. Ich bekam böse Blicke zugeworfen, als ich an einer langen Warteschlange vorbeiging und sagte aber entschuldigend „just looking for my girlfriend". An den Waschbecken war sie nicht und so ging ich direkt vor die Türen und rief ihren Namen. Doch so einfach war das nicht.

Es herrschte Trubel und Gekreische, Toilettenspülungen rauschten und auch hier hörte man die Musik wummern. Bei jeder Bewegung der Tür lauter und sonst wieder gedämpfter.

Ratlos und unruhig verließ ich das WC, wovor die Jungs bereits auf mich warteten. Paul sah mich nervös an doch ich zuckte nur die Schultern und schüttelte ebenfalls nervös den Kopf. Mark übernahm das Kommando:

"Lasst uns direkt zum Haupteingang gehen, dann lassen wir sie ausrufen und warten dort auf sie."

Wir bahnten uns den Weg durch die Menge und Mark sprach dann freundlich einen Aufpasser an, der hinter den Kassen stand und allzu großes Gedrängel im Zaum hielt. Er hörte zu und nickte und bedeutete uns kurz zu warten, dann sprach er kurz in eine Art Walky Talky.

Nach ein paar Minuten – die uns aber wie gefühlt eine halbe Stunde vorkamen – kam ein Mann im mittleren Alter mit Anzug auf ihn zu. Der Aufpasser winkte uns heran, Mark übernahm wieder das Gespräch in Englisch. Er schilderte dass Laura nun seit insgesamt einer dreiviertel Stunde weg sei.

Er sah uns an und fragte ob wir noch mehr Leute wären. Als wir verneinten verdrehte er leicht die Augen und fragte Mark was denn nun sei, wenn Laura schon zurückkäme, aber von uns niemand mehr am Platz stand.

Doch wir versicherten ihm, dass wir länger gewartet hatten, und schon auf ihrem Handy angerufen hatten und ich schon die Toiletten überprüft hatte. Er nickte und sprach in sein Funkgerät. Nach nur wenigen Minuten unterbrach der DJ die Musik und sagte erst etwas auf spanisch durch, was ich nicht verstand außer „Laura Wagner" und dann nochmal auf englisch:

„Laura Wagner! Your friends are looking for you, please come directly to the main entrance!"

Dann bebte die Musik wieder weiter.

Nach etwa fünf Minuten wiederholte er die Ansage nochmal. Wir bedankten uns bei dem Angestellten mit Anzug und warteten. Ich war zugleich erleichtert aber immer noch nervös. Und das nicht ohne Grund, denn Laura kam nicht.

Nicht nach zehn Minuten und auch nach zwanzig Minuten tat sich nichts. Paul schaute aufs Handy, aber sie hatte sich nicht gemeldet und unter whatsapp erschien auch kein „zuletzt online", sondern es schien ausgeschaltet. Paul flehte mich plötzlich an: "Carina, wenn du etwas weißt, dann sag es jetzt! Laura wollte mir bestimmt einen Denkzettel verpassen wegen meiner Flirterei von letztens! Aber ich finds jetzt nicht mehr lustig!"

Entsetzt starrte ich ihn an „Paul, um Gottes Willen, ich habe keine Ahnung wo sie ist!" Plötzlich stand der Anzugträger vor uns und fragte ob sich Laura nun gemeldet hätte: Als wir verneinten fragte er mich auf welchen Toiletten ich nachgesehen hätte. Ich deutete in die Richtung von wo wir gekommen waren.

Er nickte und erklärte uns aber, dass auch im Außenbereich noch Toiletten wären.
Ich bedankte mich und sprach mich mit

den Jungs ab. Diese wollten vorne warten, der Aufruf wurde gerade nochmals durchgesagt.

Ich nahm Marks Handy, da ich meines im Hotel gelassen hatte. Ich machte mich auf den Weg zu dem schön beleuchteten Außenbereich. Doch für die schöne Bepflanzung, Springbrunnen und Palmen hatte ich keinen Blick vor lauter Sorge.

Am Damen-WC angekommen erkannte ich, dass es hier viel ruhiger war als in der anderen Toilettenanlage. Vielleicht war Laura deshalb hierher ausgewichen?

Es gab acht Kabinen und ich rief wieder ihren Namen. Nichts.

Dann schielte ich leicht gebückt unter den Türen durch. Plötzlich fuhr ein gewaltiger Adrenalinstoß durch meine Adern als ich ihre Schuhe samt ihren Beinen sah! Sie LAG in der hinteren Toilette am Boden. „Laura" schrie ich und drückte die Türklinke – doch sie war von innen verriegelt.

Ohne nachzudenken stürmte ich in die freie Nachbarkabine und stieg auf den Rand des Wcs. Von dort hievte ich mich über die Kunststoffwand hinunter in Lauras Kabine. Sie lag wimmernd im Eck und Blut lief aus ihrer

Nase und von den geschwollenen Lippen. Erbrochenes war direkt neben ihr auf dem Boden.

Ich schüttelte sie ganz sanft und rief ihren Namen, als sie langsam und wie unendlich müde die Augen öffnete. Sie nuschelte irgendwas von „Handy" und „Kopfweh" und kippte wieder weg.

Ich öffnete die Tür von innen und sprach panisch eine etwa zwanzigjährige Frau an, die gerade beim Händewaschen war. „Hilfe! Please help!"

Sie erfasste mit einem Blick was los war und stürzte mit mir zu Laura. Vorsichtig hoben wir sie auf. Sie stöhnte wieder. Wir lotsten sie langsam zum Waschbecken, wo ich ihr mit kaltem Wasser vorsichtig das Gesicht abwischte.

„Carina! Sie haben mich zusammengeschlagen!" nuschelte Laura. Die Frau und ich sahen Laura entsetzt an. „Und meine Handtasche ist weg!"

Ich ließ Laura sprechen und rief Paul mit Marks Handy an, er war sofort dran.

„Ich hab sie gefunden aber sie ist

verletzt. Schicke einen Sani zur Toilette im Garten und kommt schnell" rief ich aufgeregt ins Handy.

Inzwischen kümmerte ich mich mit Susi – so hieß die hilfsbereite Dame- weiter um Laura. Ihrem Freund hatte sie kurz Bescheid gegeben was hier drin los war. Wir stützten Laura von beiden Seiten, doch sie musste sich bald wieder hinsetzen, dabei stöhnte sie vor Schmerz.

Nach ein paar Minuten schwang die Tür auf und zwei Sanitäter gefolgt von Mark und Paul kamen in den Waschraum vor den Toilettenkabinen. Erleichtert überließen Susi und ich ihnen das Feld. Routiniert und ruhig begannen sie Laura vorsichtig abzutasten und fragten sie auf englisch wo was schmerzte. Paul hielt ihre Hand und strich ihr vorsichtig übers Haar.

Relativ schnell war klar, dass Laura mit dem Sanka in die Klinik nach Ibiza-Stadt müsse, zumindest zur weiteren Abklärung oder Beobachtung.

„Ich komm mit!" sagte Paul sofort. Er hielt soweit es ging, Lauras Hand und redete ihr unentwegt gut zu.

Die Sanitäter des Clubs schoben Laura mit einem Rollstuhl bis hin zum Ausgang und warteten dort mit uns bis der Sanka eintraf: Dies ging erstaunlich schnell. Die Sanis besprachen sich kurz und schon wurde Laura verfrachtet und Paul durfte hinten mit einsteigen.

Paul meinte, er würde dann mit einem Taxi zum Hotel zurückkommen und wir würden uns morgen beim Frühstück treffen. Ich drückte Laura auch noch die Hand und umarmte sie vorsichtig.

Nachdem der Sanka abgefahren war, fragte uns der Sicherheitschef des Clubs in welchem Hotel wir seien. Er meinte, wir würden uns auch noch bei der Polizei melden müssen, weil ja Laura etwas von Raubüberfall erzählt hatte. Wir ließen auch Marks Handynummer da und machten uns dann bedrückt auf den Heimweg über die nächtliche Promenade.

Für die schöne Beleuchtung und die anderen Bars hatten wir keinen Blick übrig.

Als wir im Hotel ankamen, holten wir uns kurz vor Barschluss noch jeder einen Cuba Libre. Den konnten wir nach der ganzen

Aufregung echt gut gebrauchen.

Als wir später im Bett lagen, kam noch eine Nachricht von Paul: Laura hatte Glück gehabt, sie hatte eine leichte Gehirnerschütterung und geprellte Rippen aber keine weiteren oder schlimmeren Verletzungen. Glück im Unglück! Sie würde die Nacht zur Beobachtung dortbleiben.

9

Am nächsten Tag klopften wir vor dem Frühstück an Pauls Zimmertür. Er war schon angezogen und telefonierte gerade mit Laura.

Wir deuteten an, gleich ins Restaurant zu gehen. Kurz nachdem wir uns hingesetzt hatten, kam er auch schon. Bereits ein Blick in sein Gesicht gab Entwarnung. „Laura lässt euch schön grüßen, sie wird gegen Mittag mit dem Taxi gebracht, muss dann aber noch auf die Polizeistation und ihre Aussage machen. Sie hat gestern nur noch ganz kurz berichtet, dann wurde sie untersucht und sie hatte auch schlimme Kopfschmerzen. Sie wird es uns dann schon noch alles genau erzählen. Zur Polizei begleite ich sie natürlich!"

Wir atmeten erleichtert auf und genossen nun in Ruhe das wie immer sehr leckere und reichliche Frühstück.

Ich wandte mich Paul zu: "Mark und

ich werden heute auch mal einen ruhigen Tag einlegen. Und heute Abend soll es Paella und Tapas geben und eine Liveband tritt auf. Wir werden heute einfach mal ein paar Getränke All IN genießen und mal in bisschen eher in die Federn kommen.

Morgen würde ich nämlich gern ein Auto ausleihen und ein bisschen rumfahren. Wir können ja kurzfristig noch ausmachen, ob Laura schon wieder so fit ist, dass ihr auch mitkommt. Denn die Tage gehen nur so dahin, ich möchte unbedingt tagsüber noch nach Ibiza-Stadt!"

Nach dem Frühstück suchten wir uns Liegen am Pool und ich holte endlich mal wieder mein Buch hervor. Mark war mit Paul an den Strand runter, sie wollten etwas im Meer schwimmen.

Ich blätterte in meinem spannenden Krimi und verschlang Seite um Seite. Da mit Laura alles glimpflich abgegangen war, konnte ich mich auch wirklich entspannen. Meine Beine wurden von der Sonne gewärmt und gebräunt und eine sich sacht im Wind bewegende Palme spendete Schatten am Kopf.
Ich seufzte und fühlte mich gerade zu 100% wohl. Obwohl die Handlung des Krimi

wirklich gut war, schweiften meine Gedanken ab.

Wegen der ganzen Aufregung von gestern Abend hatte ich das unangenehme Thema wegen Wohnung oder wegziehen zwischen mir und Mark beiseitegeschoben. Es ärgerte mich dass mich diese Gedanken nun so überfielen, an diesem chilligen Platz am wunderbaren Pool, ich konnte es selbst nicht begreifen. Aber irgendwie auch logisch. Selten war ich in diesem Urlaub bisher einmal alleine gewesen.

Ich legte mein Buch unter die Liege und beobachtete ein paar trinkfreudige junge Leute an der Poolbar. Ich war so froh, dass Mark mit Alkohol nicht so über die Stränge schlug. Ich war auch froh, dass er ruhig aber bestimmt war und für dieses Verhalten bewunderte ich ihn oft.

Warum fielen mir seine guten Eigenschaften jetzt ein? Weil ich tief im Inneren Angst davor hatte, dass eine mögliche räumliche Trennung auch das Ende unserer Beziehung bedeuten konnte? Bisher hatte es in unserer Beziehung wenig Streitpunkte gegeben und wenn dann höchstens über Kleinigkeiten.

Ich fühlte mich pudelwohl mit Mark,

denn wir hatten auch die richtige Mischung von Zusammensein und auch mal jeder mit seinen Mädels beziehungsweise Jungs abhängen. Und natürlich hatte ich auch schon daran gedacht, dass wir in der Zukunft zusammenwohnen könnten. Doch erst wollte ich meine -noch nicht mal fertige Wohnung- selbst beziehen.

Wenn Mark allerdings wegziehen würde, würde er dann überhaupt wieder zu mir aufs Dorf zurückwollen? Ich grübelte und grübelte und dachte mir dann murrend wieso ich nicht einfach etwas lockerer sein konnte und mal nicht alles bis ins kleinste Detail ausdenken musste. Ich war doch hier in Urlaub! Sommer, Sonne, Strand und Party, wobei wenn ich an Party dachte war das in diesem Urlaub ja eher nicht so toll gewesen.

Plötzlich stand Laura vor mir, sie war gerade wieder zurückgekommen.

„Hey Carina, ich bin wieder da! Ich geh nur eben kurz aufs Zimmer, ich möchte mich kurz duschen und komm dann mit den Badesachen. Wo sind denn die Jungs?"

„Mensch Laura, lass dich ansehen!" Ich war aufgestanden und wir hatten uns kurz gedrückt – nun hielt ich Laura eine Armlänge entfernt und musterte sie.

Ihre Nase war noch etwas geschwollen und unter dem linken Auge bildete sich ein hässlicher blauer Fleck. Auf der Oberlippe hatte sie eine bereits verschorfte Wunde.

„Tut dir was weh? Du, die Jungs sind im Meer schwimmen."

Laura nickte und meinte: „Es geht, ich werde aber nochmal eine Schmerztablette nehmen, weil mir der Kopf immer noch brummt. Ich erzähls euch später genau, vielleicht bei einem kleinen Mittagsessen? Bin gleich wieder da!"

Sie drehte sich um und ging aufs Zimmer. Keine fünf Minuten später kamen Paul und Mark tropfnass zurück und duschten sich noch ab, bevor sie sich ächzend auf den Liegen niederließen. Ich informierte sie:"Laura ist schon zurück, sie ist nur schnell aufs Zimmer um sich etwas frisch zu machen, sie wird gleich wieder da sein."

Nach fast einer halben Stunde kam Laura dann frischgemacht bereits im Bikini und Strandkleid zu uns. Sie setzte sich auf Pauls Liege und sie begrüßten sich mit einem zärtlichen aber vorsichtigen Kuss.

Dann legte Paul den Arm um ihre Schultern und Laura lehnte sich an ihn bevor sie sich dann zu Mark und mir umdrehte:

"Was haltet ihr von einer kleinen Einkehr zum Mittagsessen und anschließend etwas Siesta am Pool?" Ihr Vorschlag kam gut an und wir zogen uns auch noch etwas über bevor wir zum Restaurant gingen.

Mittags war komplett draußen gedeckt und wir hatten Mühe einen freien Tisch zu finden. Wir winkten dem Kellner und bestellten vier kühle Cola, dann fing Laura zu erzählen an:

„Jetzt also die ungekürzte Originalfassung von gestern: Als ich losging und die Getränke holen wollte, dachte ich mir ich lass mir etwas Zeit, ob Paul es wohl bemerken würde wenn ich etwas länger ausblieb. Irgendwie war ich immer noch eifersüchtig wegen letztens im Pacha und hoffte, er würde nach mir fragen – Carina, ich wollte dich dann fragen wie er sich verhalten hatte."

Paul verdrehte leicht die Augen nahm aber dann Lauras Hand und hörte weiter zu.

94

„Es war eh so ein Gedränge, dass ich kaum vorwärtskam und an der einen Bar gab es nur Cocktails und kein Bier.

Bis ich dann endlich in den Außenbereich kam meldete sich irgendwann meine Blase und ich sah mich nach Toiletten um.

Diese Location im Garten, der war ja sowas von toll beleuchtet und aufgebaut, das wollte ich unbedingt fotografieren.

Ich hab also mein Handy raus und drauflos fotografiert. Grad an diesem schönen Springbrunnen und den Wasserfall an der Wand, da hab ich allein gefühlte hundert Fotos gemacht, auch ein paar schöne Selfies.

Und ich war nicht die einzige, die da fotografiert hat. Dann haben mich zwei Mädels auf englisch gefragt, ob ich sie ablichten kann, sie wollten direkt vor dem Wasserfall zusammen posen. Das hab ich dann gemacht und danach begannen sie mich anzuquatschen. Ich hab sie schlecht verstanden, ich sprech ja schon kein super Englisch, aber die hatten einen komischen Akzent.

Ich hab ihnen erzählt, dass wir zu viert hier sind und dass ich Getränke holen wollte.

Irgendwann wollte ich mich ausklinken und hab gesagt ich geh zurück und erstmal noch auf Toilette.

Dann sagten sie das treffe sich gut sie müssten auch, also sind wir gemeinsam dorthin gegangen. Kurz vor der Toilette rempelte mich die eine voll an aber ich dachte es sei wegen dem Gedränge oder dass sie geschubst worden sei.

Ich hab mir wirklich nichts dabei gedacht! Und dann ging alles ganz schnell. Die eine ging schon in den Vorraum und winkte uns dann rein, an den Spiegeln war gerade niemand. Die Kleinere der beiden hielt dann als wir drin waren, die äußere Tür zu und die Größere gab mir einen Renner, sodass ich stolperte. Ich bin umgeknickt und hab mich gerade noch an der Wand abfangen können.
Dann riss sie die Tür der hintersten Kabine auf und packte mich. Ich war erst so perplex, versuchte aber dann mich zu wehren aber sie war viel größer und stärker! Und dann stieß sie mich richtig grob rein und schlug mir mit der Faust ins Gesicht. Danach ist Filmriss.

Als ich wieder zu mir kam kauerte ich im Eck neben der Toilette und bemerkte, dass meine Handtasche samt Handy weg war. Ich wollte aufstehen aber dann wurde mir schlecht und ich musste mich übergeben." Ich fiel ein: "Aber die Tür war von innen verschlossen! Ich hab dich ja erst an den Schuhen erkannt und bin über die Kabinenwand geklettert! Dann muss dieses Weib die Tür von innen verriegelt haben und auch drübergeklettert sein, in der Hoffnung du würdest ihr nicht so schnell nachkommen!"

„Es muss so gewesen sein" bestätigte Laura. „Ich kann die Zeit total schlecht einschätzen, weil ich eben weggekippt bin und ich so rasende Kopfschmerzen hatte.

Ich musste im Krankenhaus eh einen Wisch unterschreiben, weil ich gleich wieder rauswollte und ja eine leichte Gehirn-erschütterung hatte.

Und nachher muss ich mich noch auf der Polizeitstation melden, Carina, am besten fahren wir zwei hin weil du mich ja gefunden hast. Das Handy möchte ich schon unbedingt melden, ich habs erst drei Monate und es hat fast 800 Euro gekostet. Und um die ganzen Fotos und Kontakte ist es auch total schade.

Ich hab gestern noch mit Mama telefoniert, sie war natürlich erst super geschockt, hat mir aber dann gleich gesagt, dass ich unbedingt ein Attest von der Klinik brauche und eine Diebstahlanzeige von der Polizei. So – und nach diesem krassen Bericht jetzt – holen wir uns endlich was vom Buffet."

Laura stand auf und Paul folgte ihr. Mark und ich sahen uns erstmal an, wir waren beide echt schockiert von Lauras Bericht. „Klar fahr ich hernach mit ihr zur Polizei, aber jetzt hab ich auch erstmal Hunger".

Nach dem Mittagessen baten wir an der Rezeption um ein Taxi und ließen uns zur Polizeistation fahren.

Ein freundlicher älterer Polizist und eine Kollegin, die sogar etwas Deutsch sprach, forderten uns auf alles von Anfang an und möglichst genau wiederzugeben. Laura bemühte sich nichts auszulassen und ab und an ergänzte ich wegen der Uhrzeit und erklärte den Beamten auch, dass wir Laura auch mehrfach hatten ausrufen lassen.

Als Laura die Aktion von der Damentoilette erzählte, nickte der Polizist immer wieder und erklärte uns danach, dass diese Tricknummer „zusammen zur Toilette gehen und dann zusammengeschlagen und beraubt zu werden" leider kein Einzelfall war. Und dies passierte nicht nur Mädchen oder Frauen sondern auch Männern. Gerade wenn auch noch Alkohol im Spiel war und man erst miteinander getanzt, gefeiert und getrunken hatte, wer war da so argwöhnisch und würde nicht zusammen mit den vermeintlich neuen netten Urlaubsbekannten zur Toilette gehen.

Ich dachte gerade an den Spruch meines Vaters...."Mädel, wenn du mal so viel Erfahrung hast wie ich, dann..." und ich hatte im Streit verärgert erwidert „Du immer mit deiner Scheiß-Erfahrung" aber genau das war es jetzt. Ich konnte nachfühlen was er meinte!
Wären wir zusammengeblieben hätte das gar nicht passieren können! Die beiden sagten uns das jetzt auch gerade eindringlich: "Man kann einfach nicht vorsichtig genug sein! Nicht jeder ist nett und ehrlich und harmlos, manche haben es einfach nur auf Geld oder Handys der leichtsinnigen Touristen abgesehen.

Deine Anzeige heute ist bereits die fünfzehnte und das nur in dieser Saison ab Anfang Juni! Und ich denke mal, nicht alle haben es bei uns angezeigt. Und bisher konnte hier auch kein Erfolg erzielt werden, meistens sind die Täter oder Täterinnen als eingespielte

Teams unterwegs und tauchen dann sofort wieder in der feierwütigen Menge unter.

Wir hatten schon einen ausgeschlagenen Zahn und sogar schon gebrochene Rippen, da bist du ja nochmal mit einem blauen Auge davongekommen."

Er stellte uns die Diebstahlanzeige aus, so würde Laura daheim eine Chance haben von der Versicherung das Handy ersetzt zu bekommen. Bargeld war nicht viel weggekommen weil sie es nur einzeln in die Tasche eingesteckt hatte und das Portemonnaie im Safe geblieben war.

Nach einer knappen Stunde waren wir dann schon fertig und beschlossen in Ruhe zu Fuß zum Hotel zurückzugehen, da wir doch etwas aufgewühlt waren.

Ich hätte Laura noch so gern von meinem Problem mit Marks geplantem Umzug erzählt, aber traute mich in der Situation nicht es anzusprechen. Aber sie merkte mir wohl buchstäblich an der Nasenspitze an, dass mir etwas auf den Nägeln brannte.

Ich sagte ihr: "Laura, das dauert länger. Ich brüte leider gerade auf einem Problem herum. Aber das möchte ich dir mal in Ruhe erzählen." Laura drückte meine Hand und sah mich mitfühlend an sagte dann aber:

„Gut, Carina, dann lass uns jetzt erstmal ne Runde ins Meer gehen und dann etwas bei den Jungs relaxen. Wir können uns ja vor dem Duschen mal abseilen und dann erzählst du mir alles in Ruhe, ok?"

Ich war froh um diesen Vorschlag und gab mir innerlich einen Ruck. Bereits auf dem Weg über den heißen Sand zum Meer hob sich meine Stimmung etwas. Dieser Farbenrausch von hellem Sand, blauem Himmel, Sonnenschein, den weißen Booten und Yachten auf dem türkisblauen Wasser, das allein ließ einem ja schon das Herz höher schlagen. Laura nahm mich bei der Hand und wie kleine Kinder liefen wir kreischend druch das flache Uferwasser und ließen uns kichernd ins Wasser fallen, es war so erfrischend, dass es auf der Haut prickelte. Ich drehte mich auf den Rücken und ließ mich etwas treiben und beschloss dann aber etwas zu schwimmen.

„Hey Laura, komm lass uns ein paar Meter schwimmen" forderte ich die Freundin auf, wohlwissend, dass Laura jede Art von freiwilligem Sport verabscheute. Sofort protestierte sie: „Ne du Carina, mir reichts schon wieder. Bin schon voll erfrischt. Und übrigens bin ich wohl doch noch nicht wirklich zu 100 % fit!" Ich grinste sie an, winkte und schwamm etwas hinaus. Wie eine Mutter rief Laura mir noch nach: „Schwimm nicht zu weit raus Carina, ok?!"

Ich hielt mich innerhalb der durch Bojen gekennzeichneten Fläche auf uns genoss es mit kraftvollen Zügen zu schwimmen. Und ich genoss auch ein paar Minuten mal allein für mich! Ich resümierte gedanklich nochmal mein Gespräch mit Mark, ich konnte den Gedanken daran einfach nicht verdrängen, Urlaub und Sonne hin oder her!

Wir würden noch fünf Tage auf Ibiza sein, solange konnte (und wollte) ich mich nicht mehr gedulden. Ich beschloss später Laura einzuweihen und mich auszusprechen, dann einmal darüber zu schlafen und dann nochmal mit Mark das Gespräch suchen.

Gemächlich ließ ich mich Richtung Strand zurücktreiben und war sehr zufrieden mit meinem Plan.

10

Tatsächlich ergab sich vor dem Duschen die optimale Gelegenheit zum Gespräch mit Laura.

Die Jungs wollten nämlich am Strand eine Runde joggen und anschließend noch kurz ins Fitnessstudio.

„Komm, Carina, holen wir uns einen schönen kühlen Drink, und dann sagst Du, was Dich so bedrückt."

„Das ist super, ich bin so froh, wenn ich Dir mal einfach alles so erzähle und du mir dann einfach deine Meinung dazu sagst!"

Wir holten uns jede ein kühles Sprite und setzten uns an den Beckenrand des Pools, von wo aus wir die Beine ins Wasser baumeln ließen.

„Mark hat mich mitten unterm schönen Strandspaziergang gefragt, ob ich nicht mit ihm in Regensburg zusammen in eine Wohnung ziehen will. In REGENSBURG!!

Er weiß haargenau, dass ich schon nächsten Monat plane in die Obergeschosswohnung bei uns daheim einzuziehen. Und er weiß ebenso genau, dass ich bei deiner Ma den Ausbildungsvertrag unterschrieben habe, wo es am ersten September losgeht!

Er bringt jetzt dadurch alles durcheinander! Klar freue ich mich, dass er mit mir zusammenziehen will, doch das können wir auch in meiner Wohnung! Die ich bis auf die Nebenkosten mietfrei haben kann! Ganz kurz gedacht, WENN ich mit ihm nach Regensburg ginge, wären Mama, Papa und Daniela TOTAL enttäuscht von mir. Zu Recht.
Und ich WILL auch nicht in irgendeine kleine, teure Wohnung ziehen! Ich hab daheim dann 3 Zimmer, eine neue Küche, ein neues Bad und ganz zu schweigen vom schönen Südwestbalkon."

Ich hatte mich in Fahrt geredet und ich merkte, dass es mir unendlich guttat, mich bei Laura aussprechen zu können.

„Er findet es uncool, dass ich immer so vernünftig bin und immer für alles einen Plan habe. Er meint es wäre super in so einer Studentenstadt wie Regensburg wohnen zu können. Und wenn die Kohle nicht reicht würde er noch jobben gehen. Laura, wenn alles klappt kann ich ab November oder Dezember die Reitbeteiligung auf Blacky bekommen, für schlappe achtzig Euro im Monat, das ist auch so ein Ziel von mir auf das ich mich schon seit fast eineinhalb Jahren hin freue.

Kurzum, ich HAB mich eh schon entschieden: ich bleib daheim und gehe NICHT mit ihm weg in ne andere Wohnung. Auch wenn er dann Schluss machen möchte." Ich schluckte hart. Das war leicht gesagt aber beim Gedanken daran hatte ich einen dicken Kloß im Hals. Ich schielte Laura von der Seite an.

„Warum muss jetzt alles so kompliziert sein? Ich hatte mich so auf diesen Urlaub mit euch drei gefreut. Es ist so schön hier, das Hotel ist spitze, super Essen, super Strand.....ich würd es einfach gern entspannt genießen und nicht jetzt hier Grundsatzdiskussionen führen! So eine Scheiße, echt!"

Laura drückte mich an der Schulter und meinte:

„Carina, du weißt aber schon, dass du mit Mark einen absolut tollen Kerl an deiner Seite hast! Ihr seid seit zwei Jahren ein Herz und eine Seele und er hat daheim mit Magnus und seinem Vater nicht grad die tollste Wohnung. Er meinte ja vielleicht auch Regensburg nicht für die Ewigkeit, sondern für die Zeit des Studiums. Er möchte ja nicht alleine wegziehen zum Partymachen und um die Häuser ziehen und er hat dich gefragt ob du mitkommen würdest. Er hat sich vielleicht gar keinen solchen Kopf drum gemacht, in welche verzwickte Situation er dich damit bringt.

Und ja, Mama wäre platt, wenn du die Ausbildung bei ihr nun doch nicht machen würdest. Sie sitzt Tage und Stunden im Reisebüro seit die Aushilfe dauernd krank ist. Und sie hält viel von dir, das weißt du ja. Und klar, deine Eltern möchte ich sehen, jetzt haben sie die Wohnung sozusagen für dich aufgehoben und frisch hergerichtet und dann würdest du nicht dort einziehen.

ABER die Hauptsache ist trotzdem, dass DU mit Deiner Entscheidung klarkommen musst. Und mit etwaigen Folgen. Ich kann mir zwar wirklich nicht vorstellen, dass Mark wegen einer räumlichen Trennung sich ganz von dir trennen würde.

Wenn ich da an Paul denke....er lebt eher so in den Tag hinein und genießt das Leben. Ist ja prinzipiell gut und schön aber manche Dinge nerven mich schon an ihm. Zum Beispiel diese Trinkerei. Das kommt jetzt im Urlaub ganz schön deutlich raus. Dass sie heute Sport machen war Marks Idee, er hat ihn quasi mitgeschleift.

Du hast mit Mark schon echt einen lieben Typen an deiner Seite! Ich denke es ist am besten, wenn ihr auch in Ruhe nochmal miteinander sprecht, auch jetzt schon im Urlaub. Vielleicht klärt sich einiges.

Denn so hast du ja auch keine Ruhe und wir haben hier eigentlich noch ein paar Tage vor uns. Tja, wenn ich da an die gackernden Engländerinnen von der Disco denke....manche machen sich halt nicht so die Gedanken wie wir, aber keiner kann aus seiner Haut!"

Dankbar umarmte ich Laura und sagte: „Wir haben uns schon viel zu lang nicht mehr ausführlich unterhalten! Es hat doch jetzt echt mal gutgetan sich alles von der Seele zu reden!"

„Piep piep, ja ich hab euch auch lieb"

witzelte plötzlich Paul hinter uns. Ich verzog etwas die Nase, da Paul und Mark beide schwitzten und bald eine Dusche nötig hatten. Sie wollten uns aber nicht stören und gingen schon mal vor auf die Zimmer.

Ich sprang auf und holte fix von der Poolbar zwei Pina Coladas, wovon ich einen Laura in die Hand drückte: „Auf die Freundschaft! Und auf einen schönen Resturlaub!"

Wir stießen an und lachten und ich fühlte mich so viel besser als zuvor.

Als wir nach gut zwanzig Minuten auch die Badesachen zusammenpackten und aufs Zimmer gingen kamen wir auf dem Weg zum Lift an der Rezeption vorbei. Nanu, was war das nun wieder? Mark stand dort, frisch geduscht und umgezogen und redete und lachte mit einer der Hotelmitarbeiterinnen. Was war denn hier los? Fragte ich mich.

Da Laura Mark nicht bemerkt hatte, wollte ich auch nichts sagen, denn gerade hatten wir auf schöne Zeiten angestossen, da wollte ich nicht schon wieder mit Zweifeln ankommen. Ich schüttelte mich insgeheim und ärgerte mich über mich selbst warum ich immer und überall derzeit komische Situationen zu erkennen glaubte.

Als ich unter der erfrischenden und zugleich belebenden Dusche stand nahm ich mir fest vor diesen Abend zu genießen und Mark morgen nach dem Frühstück zu einer Aussprache zu bitten.

Als er zurück ins Zimmer kam, erwähnte er seinen Aufenthalt an der Rezeption mit keinem Wort.

Er grinste mich völlig unbefangen und freundlich an und ich gab mir einen Ruck und schluckte meine Zweifel von vorhin hinunter.

Wir verbrachten diesmal einen schönen, nicht zu spektakulären Abend in San Antonio. Nach dem Essen blieben wir noch im Hotel, wo eine echt coole Band auftrat. Dann gingen wir noch an der Promenade spazieren und kauften uns in einer der Bars noch einen Absacker.

11

Am nächsten Morgen war ich vor Mark wach, das Handy zeigte 8:15 Uhr an. Ich hatte bereits nicht mehr richtig schlafen können, denn ich wollte heute nochmal mit Mark sprechen.

Mir lag wirklich viel daran, ihm meinen Standpunkt nochmal genau zu erklären. Ich wollte aber auch für seine Idee Verständnis zeigen, in einem gewissen Maß.

Im Geiste überdachte ich nochmal, wie ich das Gespräch beginnen wollte und......

MIST – beinahe hätte ich den Hoteltest-Termin um elf Uhr vergessen.

Oh Mann, ich konnte Laura da nicht allein hinschicken und Daniela hatte den Termin fest für uns ausgemacht. Ich überlegte kurz, ob ich Paul fragen sollte, verwarf aber den Gedanken schnell wieder.

Dann würde ich eben nachmittags mit

Mark das Gespräch suchen!

Beim Frühstück sahen wir auf Google Maps nach, wie weit das zu testende 5 Sterne Hotel von unserem entfernt war. An der Strandpromenade entlang wären es gut 20 Minuten.

„Laura, lass uns doch zu Fuß hingehen, jetzt ist es noch nicht so heiß! Und danach können wir uns ja überlegen, ob wir auch noch zurückgehen oder ein Taxi nehmen."

„Ok, hört sich gut an. So machen wir es!"

Gegen halb elf brachen wir auf. Es ging wieder Richtung Westen, vorbei an einigen Hochhäusern. Von außen schauten die gut achtstöckigen Gebäude nicht gerade schön aus, aber von den Balkonen hatte man wohl einen Spitzenausblick auf die Bucht von San Antonio, samt Hafen und Sonnenuntergang.

Wir gingen am Cafe Mambo und am Cafe del Mar vorbei, hier war heute noch nicht so viel los, nur einige Frühstücksgäste genossen ihren Kaffee.

„Schau, das da vorne sollte es schon sein" sagte Laura, als wir um die Kurve bogen.

So weit waren wir zu Fuß noch nicht gekommen.

„Ja, steht dran, „Hotel Sundowner" wie passend" antwortete ich grinsend.

Das Hotel war auch eher in die Höhe gebaut und sah sehr modern aus. Auf dem Hoteldach schien sich eine Sonnenterrasse zu befinden, denn dort waren große Sonnensegel gespannt.

Durch einen kleinen aber gepflegten Garten kamen wir zur ebenfalls kleinen, aber äußerst stylischen Lobby.

Um fünf vor elf waren wir pünktlich an der Rezeption.

Laura sagte höflich, dass wir für elf Uhr angemeldet seien, wegen einem kleinen Hotelrundgang. Die freundliche Dame hinter der Rezeption nickte und organisierte uns erst einmal zwei herrlich erfrischende Orangensäfte.

„Wow, Carina, schau dich mal um! Sieht ja echt super aus hier! Ich bin ja schon gespannt auf die Führung."

Kurz darauf erschien „Jose" so stand es

auf seinem Namensschild. Er begrüßte uns freundlich auf deutsch, wir waren angenehm überrascht.

„Guten Tag, ich freue mich, Ihnen unser Hotel präsentieren zu dürfen, wenn Sie mir doch bitte folgen möchten."

Er ging voran in einen Besprechungs- raum, wo bereits einige andere Leute vor einer großen Leinwand saßen. Der Raum war sehr modern eingerichtet, alles sah neu aus.

Wieder wurden gekühlte Getränke gereicht.

Die nächsten zehn Minuten wurde das Hotel in einem Kurzfilm vorgestellt, was einigen Besuchern „Ah" und „Oh" entlockte.

Auf der Dachterrasse befand sich ein Pool und eine Rooftop-Bar, hoffentlich würden wir das noch gezeigt bekommen.

Und tatsächlich ging Jose voraus und wir fuhren zusammen mit dem Lift in die sechste Etage.

Oben angekommen, trauten wir unseren Augen kaum. Der Pool war eine Art Relaxpool mit eingebauten gefliesten Liegen und einem kleinen Jacuzzi. Um die schöne Bar herum standen kleine Tische, die mit dem großen Sonnensegel überdacht waren, welches wir von unten gesehen hatten.

Unser Hotel sah auch sehr gut und gepflegt aus aber das hier war noch um Klassen besser!

Die meisten Gäste aalten sich im Pool oder genossen ein Getränk an der schönen Bar. Der Dachrand war mit umlaufender Glasabtrennung, was einen wundervollen Blick über Promenade und Meer ermöglichte. Abends musste man hier einen Traumblick auf den Sonnenuntergang haben! Hotel „Sundowner" - besser hätte der Name gar nicht sein können.

Zwei Paare an der Bar fielen durch unangenehm lautes Zischen und Streiten auf. Jose warf ihnen bereits einen mahnenden Blick zu. Es war deutlich in mehreren Sprachen angeschrieben, dass man am Ruhepool bitte die Entspannung der anderen Gäste berücksichtigen sollte. Die Loungemusik war ebenfalls dezent leise im Hintergrund.

Plötzlich rief einer der vier Gäste „Hey was will dieser kleine Hotelboy von mir!?! Mir sagen dass ich zu laut bin, na dann komm doch her!" Angriffslustig sah er zu uns herüber und ich dachte mich trifft der Blitz!

Laura hatte ihn auch sofort erkannt und nahm panisch meine Hand und quetschte mir beinah alle Finger ein: es war Mike!! Ihr Ex.

Das konnte doch nicht wahr sein! Konnte die Welt so klein sein? So ein Zufall! Natürlich war San Antonio eine Touristen-hochburg, aber gerade hier jemand von zuhause anzutreffen und dann noch dieser unangenehme Typ?! Das war doch schier unmöglich. Beinahe wie im kitschigen Film.

Aber es war eine schlichte Tatsache!

Jose ging ruhig auf ihn zu und redete ihm besänftigend zu.

Den anderen drei schien die Szene peinlich zu sein, denn es hatten sich bereits einige Gäste zu ihnen umgedreht.

„Carina, das KANN doch jetzt nicht wahr sein. Ich hab ihn Monate nicht mehr gesehen, und jetzt HIER" Lauras Stimme war erstickt und sie starrte direkt zu Mike hinüber.

Über dessen Gesicht fiel nun ein

Ausdruck des Staunens und der Ungläubigkeit, als er uns entdeckte und erkannte. Doch er hatte sich sofort im Griff und begrüßte uns laut und überschwänglich, wie wenn wir beste Freunde wären.

„Ja da schau her! Meine Mädels reisen mir sogar bis nach Ibiza hinterher! Lisa..ach nein halt, Laura, meine Süße, schön euch zu sehen, darf ich euch einen ausgeben?!" dazu lachte er brüllend.

Er konnte doch nicht um diese Zeit schon betrunken sein?

Laura reagierte einzig richtig, sie sah ihn nur kurz und verächtlich an und drehte sich dann um zu Jose, als wäre nichts gewesen.

„Jose, ist es möglich auch noch die Zimmer zu besichtigen? Wir hätten gerne ein Standardzimmer und eine Juniorsuite gesehen. Und ist es erlaubt, dass meine Freundin dabei einige Fotos macht?" sie lächelte Jose freundlich an und er ging ebenfalls sofort auf das Gespräch ein, was in Bezug auf die Situation mit Mike deeskalierend wirken sollte.

Verstohlen musterte ich seine drei Begleiter. Das andere Pärchen kannte ich nicht, seine Freundin aber kam mir vom Sehen bekannt vor, sie war den Tränen nahe und fühlte sich sichtlich unwohl.

„Hey Laura-Baby, du auch hier auf Ibiza! Wo seid ihr Hübschen denn abgestiegen?! Hahaha." Allerdings lachte nur er.

Laura reagierte weiter überhaupt nicht, so als ob sie ihn nicht kennen würde.

Jose winkte einem kräftigen Kellner hinter der Bar. Dieser ging nun direkt auf Mike zu und sagte ihm etwas.

Bevor Mike wieder losgrölen konnte nahm er ihn unsanft am Arm und dirigierte ihn Richtung Lift.

Seine Freundin, die nun leise schluchzte, wurde von dem anderen Paar mitfühlend getröstet. Sie stand da mit gebeugten Schultern und gerötetem Gesicht und ich fühlte eine leise Wut in mir aufsteigen, auf diesen Mike, wie er seine Freundin behandelte und bloßstellte. Allerdings waren auch die Frauen schuld, wenn sie mit so einem üblen Typen zusammenblieben.

Laura und ich waren fassungslos und

sahen uns diese Szene ungläubig mit an.

Jose entschuldigte sich und erklärte, dass sie normalerweise unter den Gästen keine solche lauten Störer hätten.

„Wir mussten diesem Gast schon zwei Verwarnungen aussprechen, es gab bereits Beschwerden von anderen Gästen. Nun wird ihm ein Hausverbot erteilt, wir können in unserem Haus keine solchen Ausfälle dulden, aus Rücksicht auf unsere anderen Stammgäste!"

Danach führte er uns in ein Standardzimmer im zweiten Stock. In den paar Minuten dorthin konnten wir uns wieder sammeln und beruhigen.

Das Doppelzimmer war klein aber fein, auch hier stimmte alles. Moderne Einrichtung, ein picobello sauberes Bad und ein kleiner Balkon mit schönem Ausblick auf die Bucht.

Im Anschluss durften wir noch eine geräumige Juniorsuite im fünften Stock anschauen: mir blieb fast die Puste weg.
Das Zimmer hatte mittig ein Himmelbett, welches mit wunderschönen Decken und Kissen geschmückt war. Für eine dritte Person war eine stylische Couch

vorhanden. Die Minibar war aus Glas und beleuchtet, sowas hatte ich noch nie gesehen. Das Bad war doppelt so groß wie im vorigen Zimmer. Die Duschwanne hatte Massagedüsen und es gab eine große blitzende Rainbow-dusche, Wahnsinn.

Auf dem Balkon war ein kleiner Whirlpool und das alles mit dem grandiosen Ausblick zum Meer.

Was diese Suite wohl kosten würde?!

Das fragte ich Jose und er sagte uns wir bekämen unten noch eine Mappe überreicht.

Er zeigte uns noch kurz den Spa-Bereich, allerdings nur den Eingang, doch auch hier ließ sich allerlei Elegantes vermuten.

Es gab keinen Speisesaal im Hotel, sondern zwei hübsche a la carte Restaurants, eines davon sehr elegant, mit einem großen weißen Flügel in der Mitte. Beeindruckend!

In der Lobby zurück bat uns Jose kurz Platz zu nehmen.

Nach kurzer Zeit kam er mit einer Art Bewerbungsmappe zurück, die er uns für Daniela übergab. Darin war ein

Hochglanzprospekt und mehrere Flyer des Hotels, sowie eine Preisliste.

Na die würden wir uns später noch anschauen.

„Meine Damen, ich hoffe Sie waren zufrieden mit meiner kurzen Führung und ich bedaure nochmals den vorherigen Zwischenfall.

Der Gast und seine Begleitung werden heute noch bei uns auschecken und erhalten ein Hausverbot. Die Reiseleitung wird die Gäste in einem anderen Hotel unterbringen.

Unser Hotelmanagement möchte Sie für die entstandenen Unannehmlichkeiten noch auf einen Snack in unserer Lobbybar einladen," sagte er freundlich.

Laura bedankte sich so schnell, dass ich kaum folgen konnte und lehnte freundlich aber bestimmt ab.

Ich konnte ihr nachfühlen, dass sie von hier schnellstmöglich weg wollte.

Wir verabschiedeten uns noch von Jose, der uns bereits freundlicherweise ein Taxi bestellt hatte.

Der arme Taxifahrer! Wir kriegten uns fast nicht mehr ein und schnatterten wild durcheinander über das gerade Erlebte.

Uns blieb erst die Luft weg, als wir den Preis für die Juniorsuite ansahen: jetzt in der Saison kostete die Übernachtung mit Frühstück pro Person fast 400 Euro. Das ganze ohne Flug. Uff.

Zurück in unserem Hotel sagten wir nur kurz den Jungs Hallo und stürzten uns dann zur Erfrischung ins Meer. Einfach herrlich.

Nach dem ereignisreichen Vormittag würde ich nun nach ein paarmal tief durchschnaufen, Mark um ein Gespräch bitten. Ich beschloss, es gleich hinter mich zu bringen, bevor ich noch einen flauen Magen bekäme.

12

„Hey Mark, wohin darf ich dich für ein kleines Pläuschchen entführen?" fragte ich ihn betont freundlich.

Wir hatten uns gerade eingecremt und ich wollte ihn abfangen, bevor er sich gemütlich auf die Liege legen konnte.

„Ok, dann lass uns doch zum Strand runter gehen", erwiderte er, winkte Laura und Paul zu und nahm mich bei der Hand.

Etwas nervös fing ich an: „Mark, mir liegt unser Streit immer noch böse im Magen und ich kann nicht anders, als mit dir nochmal Klartext zu reden."

Ich schnaufte tief durch.

Mark reagierte überhaupt nicht genervt, sondern meinte grinsend, ich solle denn mal loslegen, er hätte für mich auch noch was auf Lager.

„Mark, als erstes sag ich dir das Wichtigste, nämlich dass ich dich wirklich sehr lieb habe! Und super gern mit dir zusammen bin! Und ich auch gern mit dir bald zusammenziehen will, aber NICHT in Regensburg, sondern bei mir in meiner neuen Wohnung. Wenn du unbedingt weg willst, kann und werde ich dich nicht aufhalten. Keine Ahnung, ob unsere Liebe es übersteht, wenn wir uns selten sehen und jeder so seiner Wege geht.

Aber ich kann mich nicht komplett verbiegen und alle meine Prinzipien für etwas über den Haufen schmeißen, für das ich nicht einstehe. Ich hab schon Angst, dass meine Entscheidung zu einer Trennung führen könnte, doch ich kann weder meine Eltern noch Daniela mit leeren Versprechungen sitzen lassen, und ich hoffe so sehr, dass du mich verstehen kannst."

Ich schluckte. Es war mir so wichtig, dass er mich verstand. Und ich wünschte mir nichts sehnlicher als dass wir uns nach der Aussprache einfach umarmen könnten...

Andere Spaziergänger kamen uns entgegen. Ob die wohl auch solche Probleme wälzten im Urlaub?

„Carina, ich hab auch nachgedacht seit unserem Krach. Ich hab die Sache mit einer Wohnung in Regensburg ja nicht mal selbst so richtig durchdacht. Ich muss dir ja Recht geben, dass es doof ist, wo du doch jetzt in deine neue Wohnung einziehst. Und ja, ich würde gern auch dort mit dir zusammenzuziehen.

Auf Regensburg bin ich gekommen, weil ich kurz vorm Urlaub Stress mit Papa und Magnus hatte, und ich einfach auch gern was Eigenes haben würde. Aber klar, mit einer Mietwohnung geht schon der größte Teil von der Kohle dafür ab. Stimmt. Genau das war ja Streitthema bei uns daheim.

Papa hat schon wieder Briefe von Mamas Anwalt bekommen und soll ihr nun noch mehr zahlen. Er will Magnus und mir das Studium nicht ausreden, kann uns aber nicht voll finanziell unterstützen.

Da gabs einfach Querelen, weil er möchte, dass wir uns an den Nebenkosten beteiligen und auch öfter so mit anpacken was waschen und Geschirr undsoweiter angeht.

Tja und jetzt, liebe Carina, ist so ein glücklicher Zwischenfall passiert, du wirst gleich staunen!"

Er nahm mich an der Hand, drückte sie und redete weiter wie ein Wasserfall: „Du glaubst nicht wegen was Magnus mich gestern angerufen hat.

Er hat in Regensburg ein WG-Zimmer gefunden, für zwei Tage in der Woche, und zwar immer Montag und Dienstag. Wir könnten zur Not beide drin schlafen oder uns eben abwechseln. Dienstag hat Magnus eh Fußballtraining daheim, da bräuchte er das Zimmer dann schonmal nicht und ich könnte es nutzen. Die Kosten halten sich auch im Rahmen. Allerdings musste es jetzt richtig schnell gehen und wir hatten nur 24 Stunden Bedenkzeit."

Er grinste mich an: „Wir freuen uns jetzt beide auf diese super Lösung und ich denke, somit hat sich unser „Problem" gelöst. Was sagst du nun??"

Tausend Gedanken strömten in Sekundenschnelle durch meinen Kopf und ich lächelte Mark glücklich an. Dass sich die Sache nun so darstellte war wirklich ideal!

Ein bisschen schämte ich mich, weil ich gestern schon wieder gezweifelt hatte als er an der Rezeption gestanden hatte.

Derweil hatte er nur den Mietvertrag für das WG-Zimmer mitunterschreiben müssen. Die nette Dame an der Rezeption hatte es für ihn ausgedruckt und unterschrieben dann eingescannt.

„Mensch Mark, das gibt's doch nicht! Das ist wirklich wirklich super! Das musste so sein. Und dass Magnus auch wirklich so schnell geschaltet hat und sich sofort gemeldet hat. Puh.

Ja, und für uns hört sich das auch super an. Sobald in meiner Bude alles fertig ist, ziehst du da mit ein! Ich freu mich nämlich sehr, DASS du mit mir wohnen möchtest. Ich hätt dich bestimmt auch noch gefragt, aber nicht so schnell."

Wir gingen nun ganz langsam, bevor wir stehenblieben und uns umarmten und küssten. Ziemlich genau an der Stelle, wo wir vor gut 48 Stunden noch im Streit auseinandergegangen waren. Sowas Verrücktes!

Ich schmiegte mich total happy an Marks Schulter und sagte:

„Du weißt gar nicht welcher Felsbrocken mir jetzt vom Herz gefallen ist, Mark! Ich konnte den schönen Urlaub hier gar nicht mehr richtig genießen. Und jetzt so eine Wendung, ich freu mich so!!

Ich hab mich gestern etwas mit Laura ausgequatscht, da ist mir so vieles klargeworden.

Es stehen in nächster Zeit so viel Veränderungen an: die Schule ist vorbei, die Ausbildung geht los.

Dann die Wohnung – da freu ich mich auch schon so, endlich raus aus dem Kinderzimmer und ne eigene Küche!

Und dann bald die so lang ersehnte Reitbeteiligung! Alles voll schöne Aussichten!

Und jetzt auch noch diese super Möglichkeit mit der WG! Dann kommst du doch ein bisschen Richtung „Studentenbude" und ich werd dich auch gern mal dort besuchen!

Wenn Du aber ganz weggezogen wärst....das stell ich mir übel vor. Es sind doch gut hundert Kilometer einfache Strecke, das hätte nicht oft geklappt wenn jeder Termine ohne Ende hat.

In Danielas Reisebüro „Far Away" ist

bis 18 Uhr geöffnet und Donnerstags sogar bis 19 Uhr. Berufsschule. Reiten. Wann wäre da noch Zeit gewesen? Und bei dir: Uni, lernen, jobben. Echt Wahnsinn.

Und wenn man wenig Zeit miteinander hat und jeder woanders wurschtelt – da hätt ich schon Angst gehabt, dass wir uns auseinander-leben."

Ich drückte ihm nochmal einen diesmal heftigen Schmatz auf den Mund.

Mark lachte und entgegnete:

„Als Magnus mich angerufen hatte, war das wie eine Offenbarung, das war mir auch schnell klar. So kann ich an einem oder zwei Tagen dort sein und bin doch die längere Zeit in deiner Nähe. Und bei Papa, der braucht uns schon auch mit dem großen Garten zuhause!

Als du sagtest, du würdest nicht nach Regensburg mitkommen, war mir eh schnell klar, dass ich nicht alleine dorthin wollte. Carina, ich hab dich wirklich auch sehr lieb, ich verbring wahnsinnig gern Zeit mit dir und mir gefällt genau deine aufrichtige, geradlinige Art. Und ich find dich überhaupt nicht uncool, ich hatte mich einfach nur geärgert."

Wir machten kehrt und schlenderten langsam Arm in Arm Richtung Hotel.

Ich fühlte mich so frei und glücklich, ich hätte die ganze Welt umarmen können! Ich spürte, wie die Anspannung der letzten Tage von mir abfiel.

Die nächsten drei Tage wollte ich hier auf Ibiza nun noch so richtig genießen. Voller neuer Energie und Tatendrang fragte ich Mark, wann wir eigentlich nach Ibiza-Stadt fahren würden.

Mark grinste und meinte schelmisch: „Kaum ist sie wieder gut drauf, scheucht sie uns schon wieder herum. Spaß beiseite, ich hab mit Paul gestern auch schon darüber gesprochen. Eine erneute Discotour hab ich ihm ausgeredet, wir könnten es gleich mal mit den beiden ausmachen, vielleicht gleich heute!"

Gesagt – getan.

Im Hotel weckten wir Laura und Paul, die auf ihren Liegen eingedöst waren und verabredeten uns bereits am späten Nachmittag mit dem Bus nach Eivissa zu fahren.

Jetzt, da sich meine Befürchtungen

sozusagen in Luft aufgelöst hatten, war ich gleich viel unbeschwerter.

Ich zog mein neues pinkes Sommerkleid an und packte kurz noch Geld und Krimskrams in meinen kleinen schwarzen Rucksack ein.

Mark war schon fertig und hatte sich auf den Balkon gesetzt.

„Hey Mark, ich hab jetzt alles, wir können los!"

Er schnaufte gespielt und grinste mich an und wir verließen händchenhaltend das Zimmer und machten uns treppab auf den Weg zur Lobby, wo wir uns mit Laura und Paul trafen.

Wir holten uns an der Bar noch jeder eine Wasserflasche für unterwegs und dann gingen wir los zur Bushaltestelle.

13

Um diese Zeit war der Bus angenehm leer und wir bekamen Sitzplätze. Erneut genoss ich die Fahrt quer über die Insel und sog die Farben der Felder, weißen Häuser und Palmen in mich auf.

„Wo wollen wir dann nun zuerst hin?" fragte Laura. „Ich mag schon gerne zur Burg hoch, aber shoppen darf auf keinen Fall zu kurz kommen!" Ich grinste und stimmte ihr zu und die Jungs verdrehten schelmisch die Augen.

Von der Haltestelle aus waren es schon gut zehn Minuten Fußmarsch bis zur Altstadt.

Laura steuerte sofort einen Laden an, der viele weiße Blusen und Kleider anbot. Auch ich fand die lockeren luftigen Blusen toll. Wir stöberten etwas durch und gingen dann aber los immer aufwärts.

Die Ausblicke waren hier bereits schon beeindruckend, aber oben etwas verschnauft angekommen wurden wir mit einem atemberaubenden Ausblick verwöhnt. Einerseits über Dächer und Gassen, zur anderen Seite auf den großen Hafen und wieder zur anderen Seite über die ganze Playa den Bossa.

Plötzlich zog mich Mark etwas zur Seite und meinte: "So meine Liebe, hier oben ist der richtige Ort und Zeitpunkt dir etwas zu zeigen." Verdutzt sah ich ihn an. Was wollte er mir denn zeigen?

Mark kramte in seiner Hosentasche und zog ein kleines silbernes Täschchen hervor.

Ich war immer noch ahnungslos.

„Erinnerst du dich noch an den Hippiemarkt vor ein paar Tagen?" sah Mark mich verliebt an.

Da schoss es mir ins Gedächtnis und ich dachte an den schönen Ring.

Genau in diesem Augenblick holte Mark den hübschen Silberring hervor und steckte ihn mir an den Ringfinger der linken Hand.

Er passte perfekt und sah traumhaft

schön aus.

„Carina, wir sind nun schon zwei Jahre zusammen, und ich glaub ich sag dir viel zu selten wie sehr ich dich liebe." Dazu sah er mir tief in die Augen und ich bekam wirklich ganz weiche Knie.

„Ich hab dich letztens zu unrecht als uncool und immer so schrecklich vernünftig genannt, genau diese Eigenschaften schätze ich doch an dir! Verbunden mit der Mischung an Humor und dass du auch gern mal mit mir zum Fußball mitkommst bist du echt genau die Richtige für mich! Und ich hoffe auf noch viele gemeinsame Tage und Urlaube, wer weiß vielleicht klappt es mit Kuba tatsächlich nächstes Jahr."

„Mark, das ist so lieb von dir! Und so ne Überraschung – ich dachte der Ring wäre zu teuer gewesen und du hättest ihn nicht mitgenommen. Er ist so hübsch und passt sogar heute perfekt zum Outfit. Vielen vielen Dank."

Ich stellte mich auf die Zehenspitzen und drückte ihm einen zärtlichen Kuss auf den Mund.

„Na was ist denn mit unseren

Turteltäubchen, bussi bussi?!" das kam nun von Paul.

Laura verrenkte sich halb den Hals und ich erlöste sie von ihrer Neugier indem ich ihr die Hand mit dem Ring entgegenhielt.

„Alter....heißt das, du hast dich mit Carina verlobt???" fragte Paul nun Mark mit aufgerissenen Augen.

„Nun, das noch nicht, wir haben noch genug Zeit, aber ein schöner Ring für eine tolle Frau passt immer!" und er zwinkerte mir dabei zu.

Ich platzte fast vor Stolz und Glück und drückte nun einfach Laura, die mir am nächsten stand.

Sie drückte mich auch und flüsterte mir ein „Na also" zu.

Ich hatte ihr ja am Vortag mein Herz ausgeschüttet und war mir Marks Gefühlen gar nicht mehr so sicher gewesen.

„Zählt eigentlich auch ne hübsche Bluse für ne hübsche Frau", fragte nun Paul spitzbübisch.

„Laura, gleich die erste Bluse vorhin sah

voll lässig an dir aus. Wenn du magst dann spendiere ich sie dir als Andenken an Ibiza!"

Laura war gerührt und drückte ihn an sich: „Wow super, total gern! Lasst uns beim Zurückgehen gleich nochmal in den Laden schauen."

Genau so machten wir es..

Die Bluse war so schön luftig, dass Laura sie gleich über ihrem Top anbehielt.

Ich freute mich sehr für sie, doch langsam konnte ich nun mein Hungergefühl nicht mehr unterdrücken.

„Seht ihr diese kleine, gemütliche Tapas-Bar dort drüben?" fragte ich in die Runde und deutete auf eine kleine Bar.

Außen standen eng an die Wand gedrückt kleine Bistrotische mit je vier Metallstühlen. Und einer der Tische wurde gerade frei! Ich ergriff diese Chance und steuerte schnurstracks darauf zu.

„Carina hat recht, ich sterbe gleich vor lauter Hunger und Durst", pflichtete mir Paul bei und ließ sich schwer auf einen der Stühle fallen.

Langsam begann es zu dämmern und die Bedienung brachte zusammen mit der Getränkekarte ein schönes kleines Windlicht an den Tisch, richtig romantisch!

Innen in der kleinen Bar gab es eine Theke, wo man sich die verschiedenen Tapas durch mit dem Finger zeigen aussuchen konnte. Wir deuteten wild durcheinander und lachten und alberten herum. Egal, alles sah so lecker aus!

Wir bestellten uns einen großen Krug Sangria und stießen auf diesen wunderbaren Urlaub an.

Die Tapas, die dann beinah auf dem Tischchen keinen Platz mehr hatten, schmeckten göttlich.

Als ich mich pappsatt zurücklehnte, fiel mein Blick auf den schönen Ring mit dem lila Stein und ich drehte ihn versonnen hin und her.

Mark bemerkte es und nahm meine Hand und streichelte zärtlich darüber. So glücklich wie in diesem Moment war ich noch nie in meinem Leben gewesen, ich hätte ewig an dieser romantischen Bar sitzen bleiben können.

Nach einem Absacker-Cocktail brachen wir dann zum Rückweg auf und leisteten uns ein Taxi.

Die letzten beiden Tage vergingen mit faulenzen, schwimmen und erholen viel zu schnell vorbei und – mir kam es so vor – ratzfatz saßen wir wieder im Flieger zurück nach Deutschland.

Beim Start nahm ich Marks Hand und sah sehnsüchtig aus dem Fenster. Wir hatten einen späten Rückflug und es wurde bereits dunkel. Ich schluckte und wusste jetzt schon, dass ich nicht nur den Urlaub an sich, sondern diese schöne Insel sehr vermissen würde.

Wer weiß, vielleicht würde ich einmal wieder hierherkommen.

Und vielleicht nächstes Jahr mit Mark nach Kuba.

Das Flugzeug hob dröhnend ab und erhob sich in den rötlich schimmernden Abendhimmel.

Ich seufzte glücklich in mich hinein, es war trotz mancher Zwischenfälle ein toller Urlaub gewesen, ein cooler Urlaub auf Ibiza!

ENDE